Bibliografische Information der Deutschen Nationalbibliothek:
Die Deutschen Nationalbibliothek verzeichnet diese Publikation
in der Deutschen Nationalbibliografie;
detaillierte bibliografische Daten sind über http://dnb.dnb.de ab-
rufbar.

© 2019 Thorolf Kneisz

Herstellung und Verlag: BoD – Books on Demand.

ISBN: 9783751922197

Erzählungen

Begegnungen
Die Zeit
Die Schlinge

Thorolf Kneisz

Cover-Gestaltung   Thorolf Kneisz

Inhaltsverzeichnis

BEGEGNUNGEN

Ein Sonntag im Herbst. Altweibersommer nennt der Volksmund diese Zeit. Der Sommer verabschiedet sich. Nur am Tage noch bleibt der Sonne Kraft, die Erde zu erwärmen. Die Abende und Nächte bleiben bereits dem sich nahenden Winter überlassen.

Die Stadt, nein, man sollte lieber den Ausdruck „Städtchen" verwenden, liegt abseits der pulsierenden Zivilisation. Eine geschlossene Stadtmauer umschließt den historischen Stadtkern mit unzähligen Fachwerkhäusern, kunstvoll geschnitzt und bemalt, Jahrhunderte alt, verträumt, von Historikern ehrfurchtsvoll geachtet, restauriert und dokumentiert. Vielleicht ein wenig zu steril versteckt sich der Ort nicht nur hinter seiner Stadtmauer, sondern auch in seiner Historie. Wie immer es geschehen konnte - es gibt keine der sogenannten Satellitenstädte oder Gewerbeparks mit Autohäusern und Supermärkten. Natürlich sind die Einwohner „normale" modern gesinnte Menschen, aber sie haben es in Kauf genommen, hinter die Wälder und Berge zu fahren, um ihre täglichen Einkäufe zu erledigen. Es herrscht stark eingeschränkter Autoverkehr und zum Zeitpunkt des zu erzählenden Geschehens streiten die Stadtväter über den Bau eines unsichtbaren Parkhauses, so dass der puppenstubenhaft anmutenden Charakteristik des Städtchens nichts abhandenkommt.

Vor vielen Jahrhunderten gab es nur eine Klosteranlage, um die sich nach und nach Gehöfte angesiedelt haben. Erst in der Mitte des vergangenen Jahrhunderts haben pfiffige Landvermesser herausgefunden, dass der Altar dieser Kirche im geometrischen Mittelpunkt der exakt kreisförmig angeordneten Stadtmauer liegt. Als einmaliges Phänomen des mitteldeutschen Kulturkreises konnte dieser Umstand in die einschlägige Literatur aufgenommen werden und wurde zum weiteren Argument, ohne Einschränkungen bedingungslos alles beim Alten zu belassen und die Historie auf keinen Fall in welcher Form auch immer zu stören.

Die Kirche ist nicht nur geometrisch, sondern auch optisch der absolute Mittelpunkt des Ortes. Sie ist bezogen auf die Kleingliedrigkeit der Häuser und Gassen überproportional groß. Jedem Besucher fällt das schon aus großer Entfernung auf - aber keineswegs negativ. Irgendwie ist die eigentümliche Proportion dennoch und vielleicht gerade deshalb so anziehend für die Touristen, die häufig das Städtchen bevölkern.

Die Sonne hat sich bereits weit gen Westen dem Horizont genähert. Bald wird sie über dem dichten Fichtenwald im Dunst des Abendnebels versinken. Noch spielt sie mit den Farben der bunten Kirchenfenster und verleiht ihnen den leuchtenden Glanz eines biblischen Bilderbuches.

Die Glocken haben soeben mit sieben Schlägen die volle abendliche Stunde verkündet in Erwartung eines außergewöhnlichen sonntäglichen Ereignisses.

Das reichverzierte Eichentor zwischen den beiden schlanken hoch in den Himmel aufragenden Kirchtürmen ist weit geöffnet zum Empfang der Wärme, die sich am Tage auf dem Kirchplatz gestaut hat. Mit der Wärme strömen Menschen in das „Hohe Haus". Menschen aller Altersgruppen, einzeln, zu zweit oder in Gruppen, laufen zielgerichtet auf die Sitzplätze zu, die ihnen laut Eintrittskarten zugewiesen sind. Manch einer schlägt das Kreuz über der Brust, wenige verharren für Sekunden im stummen Gebet.

Man schaut herum, grüßt freundlich winkend, wenn sich zwei Blicke treffen, nimmt Platz und wartet in mehr oder weniger andachtsvoller Geduld, wissend, dass nach dem Konzert das „Sitzfleisch" von den harten Holzbänken schmerzen wird.

Gemurmel und Geflüster verursachen einen gedämpften aber gleichmäßigen Geräuschpegel. Ab und zu ist ein Hüsteln oder Räuspern, höchst selten ein Lachen oder Rascheln von Bonbonpapier zu hören.

Die Kirche füllt sich zusehends mit Menschen. Auf den Emporen sind noch Plätze frei. Die Platzanweiser haben begonnen, aus dem Pfarrhaus Stühle herein zu tragen, um denen, die noch wartend an der Abendkasse stehen, Sitzplätze zu ermöglichen.
Die Würde des Hauses gebietet Zurückhaltung. Das ist für die Gläubigen eine Selbstverständlichkeit und für die, die nicht eines Glaubens wegen hierherkamen, bedeutet Zurückhaltung eine anerkennende Unterordnung.
Ein erhabener Glanz liegt auf den Farben des reichverzierten Altarraumes, der Säulenkapitelle und vor allem auf dem wunderbaren Deckengemälde, das der absolute Stolz der Gemeinde ist.
Noch dominieren die leuchtenden Glasfenster an der Westseite der Kirche, aber bald, wenn die Kraft der Sonne ermattet und gänzlich erlöschen wird, beginnt ein anderes Licht den Kirchenraum zu erfüllen.
Versteckt angeordnete Scheinwerfer unterstützen die vier mit echten Wachskerzen bestückten Kronleuchter, um das Deckengemälde, ein die Gemeinde überspannendes Firmament, zu erleuchten.
Früher, als die moderne Technik noch in ängstlicher Distanz außerhalb der ehrwürdigen Kirche zu bleiben hatte, waren es weit mehr Kerzen, die in stolzen polierten Lüstern an den Emporen hafteten.
Der wahre Grund für die extreme Ausleuchtung des Kirchenschiffes lag nicht in besserer Lesbarkeit von Gesangbuchtexten sondern in diesem Deckengemälde, denn hoch oben zwischen den im Gewölbe auslaufenden Spitzbögen thront er, der Herr.
Erhaben lächelt das greisenhafte aber faltenfreie, von wallendem weißem Bart eingerahmte Gesicht. Die Falten seines Gewandes gehen über in die Wölkchen, die lustig am sonnendurchfluteten blauen Himmel wie angeheftet erscheinen. In respektvollem Abstand umgeben ihn die himmlischen leichtbeflügelten, ewig lächelnden Heerscharen. Diese Flügelmenschlein mit paus-

bäckigen Kindergesichtern haschen sich zwischen den lieblichen Kumuluswölkchen.

Um einer gewissen Weltrealität zu genügen, hat der weitsichtige Künstler einige dunkle Drohwolken an das Firmament gezaubert, die von den umherfliegenden Engeln ängstlich gemieden werden.
Viele schauen empor - zu ihm - voller Bewunderung. Hingabe und Ergebenheit ist im Zeitalter der fortschreitenden Säkularisierung Ausnahme geworden. Doch niemand kann sich der ausdrucksstarken Vollkommenheit dieses Gottvaterblickes entziehen, denn es ist etwas ganz Besonderes an diesen Augen - dieser absoluten Attraktion. Anerkannte Reiseunternehmen sahen sich veranlasst, die Besichtigung dieser Kirche in ihre Programme aufzunehmen, um möglichst vielen Menschen eben diesen Anblick zu ermöglichen oder sie darauf hinzuweisen.
Wie auf manchen Portraits alter Meister schauen die göttlichen Augen in jeden Winkel des Kirchenraumes. Von jedem Standort fühlt man sich von ihnen beobachtet. Sieht man zu ihm, schaut er zurück. Unzählige hat er mit dieser Physiognomie in minutenlangen Bann gezogen. Zur Überprüfung dieses Phänomens liefen sie im Altarraum kreuz und quer und stets folgte ihnen der Blick aus den Wolken.
Manche der Bewunderer öffneten ihre Seele und versenkten sich in Zwiegespräche mit dem Abbild des Schöpfers. Die bemalte Fläche eines Kirchendaches personifiziert sich in diesen Fällen. Man fragt hinauf und hofft auf Antwort. Jeder weiß um die Unmöglichkeit solcher erhofften Visionen - aber trotzdem - immer wieder „fällt" man darauf herein, lässt sich trösten, schickt liebe und böse Gedanken stumm in die Höhe. Kurz: man geht zufriedener als man gekommen ist.
Hier ist der Ursprung für die Möglichkeit, eine Episode zu erzählen, die wahr oder erfunden sein kann. Warum sollen dem greisen Kopf, wenn er schon so lieb schaut, nicht auch reale

Gedanken unterstellt werden. Was liegt näher als das? Was wird nicht alles „geglaubt" - sehr vieles, was bar jeder denkbaren Realität ist. Also kommt es doch weniger auf den realen Wert als auf die nett gemeinte „Unterstellung" - die fiktive Verknüpfung von Idee und Wirklichkeit an.

Also: Der alte Herr begrüßt jeden, der zu ihm aufschaut, persönlich. Manch einem zuckt es in der Hand, sie ihm mit einem freundlichen Hallo entgegen zu strecken. Die Angst, unangenehm aufzufallen, lässt allerdings jede Versuchung dieser Art in der Hosen- oder Manteltasche verbleiben.

Was mag ein Gott in der Höhe des Kirchenschiffes denken, wenn er die Zuckungen von Händen, die verschmitzt lächelnden Mundwinkel oder auch die sich schamvoll niederschlagenden Augenpaare wahrnimmt? Der Herr dort oben sieht alles. Wie jeder weiß (oder glaubt), sieht er in die Herzen eines jeden hinein, es soll ja sogar vorkommen, dass sich manch einer in seinen Gedanken und Taten von ihm gelenkt fühlt.

Er duldet gelassen das belustigende Treiben und blickt hinab, mit erhabener Würde, sein Lächeln nach innen richtend, mitunter sein Kopfschütteln unterdrückend. Hunderte von Jahren verharrt er bereits in dieser Stellung, hat die lange auf und niederwallende Geschichte dieses Hauses wie auch der Stadt und des Landes erlebt. Nichts ist ihm entgangen, alles hat er registriert mit seinem göttlichen Wahrnehmungsvermögen. Ändern hat er nichts können am Schicksal seiner Untergebenen trotz gehörter zahlloser Bitt- und Flehgebete. Seitdem er seine Ohnmacht erkennen musste, begnügt er sich mit Hören und Sehen und ist zufriedener als damals, als seine Augen noch kämpferische Lust nach unten sprühten.

Häufig überkommt ihn eine höchst menschliche Regung und es geschieht, dass nach kurzen Blickkontakten seine Mundwinkel zu vibrieren beginnen. Ein wenig zuckt es über die Lippen und das Wunder göttlichen Lächelns erscheint am gemalten Himmel. Unzählige Besucher, Einheimische wie Touristen bestätigten dieses Wunder - also mussten auch Skeptiker zugestehen, dass an dem Phänomen etwas Wahren sein muss. Wissenschaftliche Untersuchungen konnten zwar kein Wunder bestätigen, aber beweisen kann man ja bekanntlich Wunder nie.

Und er, der Erhabene? Er hat alles Historikergeschwafel über sich ergehen lassen und - gelächelt - erhaben - würdevoll.

Er genießt die fragenden, die erstaunten, mitunter auch ängstlichen Blicke und unterdrückt das Lächeln, wenn einer der armen Sünder in der hintersten Bankreihe schuldbewusst und scheu das Kreuz über seiner Brust schlägt und um Vergebung bittet. Er vergibt - fast immer.

Nichts entgeht ihm. Und er weiß, dass alle das wissen und das macht seinen Spaß umso größer.

Gern drückt er ein Auge zu bei einer sich offenbarenden Sünde, die auch für einen Gott eher das Prädikat „süß" und keineswegs die harte Bezeichnung „Sünde" verdient. Schließlich geht er mit der Zeit und lässt sich ungern als altmodisch oder gar konservativ bezeichnen.

Vieles von dem, was ihm zu Ehren gesagt, getan, zelebriert wird, ist mit dem Staub von Traditionen bedeckt - er weiß das - aber es stört ihn nicht mehr. Er hat seine Genüsse ebenso wie seinen Kampfeswillen den neuen Zeiten angepasst und genießt anders als damals, als Gottesglaube kindlich naiv und voller Keuschheit war.

Er begnügt sich, zu sehen, zu hören - und zu lächeln. Im mitleidigen Lächeln findet er Trost über die verlorenen Glückseligkeiten vergangener Tage.

Heute erfüllt es ihn mit Genugtuung, dass es noch Gelegenheiten gibt, die Kirche mit Menschen zu füllen. Selbst der letzte Platz ist besetzt.

Unter einem Anflug von Peinlichkeit möchte er überhören, wie sein oberster Diener in der ihm eigenen Schwülstigkeit klischeehafte Worte des Dankes formuliert. Dank an Sponsoren, an die

Musiker, die heute für wenig Gage spielen, Dank an die Sänger, die auf Gage gänzlich verzichten usw. usw. Seine Stimmbänder sind eine halbe Oktave zu hoch gestimmt und provozieren unterdrücktes Grinsen in vielen Gesichtern.

Endlich ist es soweit. Der Dirigent übernimmt die Regie, um mit den vier Solisten, den vielen Musikern des Orchesters und dem gewaltigen Chor das lange geprobte große Werk zu beginnen. Oben im Himmel denkt es: Na, werden sie zum Gruß klatschen oder trauen sie sich nicht? Doch, tatsächlich - einer klatsch zaghaft in die Hände und nach mehreren Sekunden ist das Beifallgetöse groß.

Nach dem üblichen ausgedehnten Moment der Ruhe, nach dem Zusammenraffen aller Kräfte und Konzentration kommt der Einsatz zum „Requiem" von Mozart. Aus den tiefsten Tiefen musikalischer Empfindsamkeit kommen sie herauf, die ersten Melodien, erwartungsvolle Spannung erzeugend. Ein Ton jagt den anderen, lässt die gewaltigen Steigerungen erahnen. In welches Jubilieren, in welche Seufzer werden sie münden dürfen?

Jeder der Musiker formt die Töne mit seinem Instrument, gesteuert von der lockenden und drängenden Gestik des Einen, der vor ihnen auf dem leicht erhöhten Podest steht und ordnet sich bedingungslos in das Zusammenspiel mit dem Ziel ein, ein großes Werk genießen zu lassen - und selbst zu genießen.

Tausend, oder eher mehr Ohren, empfangen diese akustischen Signale, setzen sie physikalischen Gesetzen folgend um in Informationen, die in den mehr als fünfhundert Hirnen die unterschiedlichsten, wundersamsten wie eigentümlichsten Empfindungen wecken.

Können die einen nicht abschalten vom Alltag, so tauchen andere bereitwillig ein in die Musik, die vor langer Zeit ein Genie erdacht und auf Notenpapier der Nachwelt zum Gefallen konserviert hat.

Aber auch Anderes, der Musik keineswegs Äquivalentes, schwirrt durch das Kirchenschiff. Wie ein Wirbelsturm beginnt ein Gedankentumult zu toben, mischt sich ein in den Rhythmus der Musik, kämpft gegen diesen an, lässt sich von ihm lenken, fließt streckenweise mit ihm dahin, bäumt sich gegen ihn, um sich wieder zu synchronisieren mit dominierenden Paukenschlägen für lange oder kurze Momente.

Ein riesiges Sprachengewirr wie zu altbabylonischen Zeiten funkelt unhörbar durch den Kirchenraum. Fünfhundert menschliche Hirne senden Gedanken in den Raum. Keines dieser Hirne kümmert sich um die Existenz der übrigen vierhundertneunundneunzig - und jedem sollte es Trost sein, dass dies so ist.

Wahrgenommen wird dieser Gedankentumult nur von einem – und das ist der Herr im Deckengemälde, denn einzig ihm allein spricht man von alters her die Gabe zu, in das Innere der Menschen sehen und hören zu können - wohlgemerkt zur gleichen Zeit in jedes menschliche Hirn dieser Erde.

Habe ich das Auto verschlossen?

Mein Magen knurrt, wie peinlich!

Die Frau dort am zweiten Cello sieht toll aus.

Die Kirchenbank drückt schon jetzt - Morgen werde ich im Liegen arbeiten müssen.

Schade, dass die Oma nicht mitkommen konnte.

Übermorgen hat Tante Lilly Geburtstag - was kann ich ihr nur schenken?

usw. usw. usw.

In den unterschiedlichen Dialekten und Sprachen - schließlich rühmt sich die Stadt einer gewissen Internationalität - schwirrt es hin und her.

Eins, zwei, drei ..... fünfundzwanzig Bankreihen a eins, zwei, drei ..... zwanzig Plätze - ergibt fünfhundert Menschen.

Der Bus fährt zehn Uhr vierzig.
Den muss ich unbedingt erreichen.

Komische Haarfrisur hat der Mann da vorne!

Sportlich, sportlich, der Dirigent!

Hätten die den Text im Programmheft nicht in deutsch schreiben können!

Also, wie sich unser Chef heute aufgeführt hat. Höchst albern!

Im Fernsehen läuft ein spannender Krimi. den verpasse ich!

Man stelle sich vor, wie wenig umfassend und weitreichend dieser kleine Auszug aus umherschwirrenden Gedanken ist. Von den tatsächlichen Sorgen, den großen Freuden und Leiden, den wahren Problemen menschlicher Existenzen, die mitgebracht wurden, soll gar nicht die Rede sein, denn das würde den Rahmen eines derartigen Berichtes in das Uferlose sprengen. Aber gewiss wie das Amen in dieser Kirche ist diese nur angedeutete Flut - nein Sintflut - des Gedankentumultes.
Wie furchtbar muss sich der Herr in seinem himmlischen Deckengemälde fühlen. Auch er war voller Freude auf diesen Abend, auf den Genuss der Musik und nun fühlt er sich irritiert und profan abgelenkt durch banales und kleinkariertes Denken,

Fühlen, Sehnen, Trauern und Freuen, dass er Mühe hat, dahinter die Musik überhaupt noch wahrzunehmen, wenn diese nicht im schmetternden Fortissimo durch das Kirchenschiff bebt.

Zornig wird er, schüttelt sein wallendes Haar, so dass eine kleine Staubwolke herabschwebt, die mit Verzögerung um einige Takte ein zweifaches unterdrücktes Niesen in den mittleren Bankreihen auslöst. Er zieht seine Stirnfalten grimmig zusammen und das Lächeln schwindet aus seinen Mundwinkeln.

Die Einleitung, das „Introitus", klingt dem Ende entgegen und das große „Kyrie" setzt nach kurzer Pause ein. Da trifft ein Gedanke besonders hart auf die Trommelfelle übersensibilisierter göttlicher Ohren.

Beginnt da nicht im linken Seitenschiff, Platz drei in der zweiten Reihe, ein junger Mann, er mag die dreißig gerade überschritten haben, seinen Blick auf eine junge Frau zu fixieren, die ihm schräg gegenüber im Mittelschiff - Reihe fünf, vierter Platz - sitzt.

Andächtig, etwas steif, die halbgeschlossenen Augen nach unten gerichtet, hat sich diese Frau ganz der Musik ergeben.

Jetzt schauen zwei Augenpaare auf diese Frau, eines von links auf das ebenmäßig geformte Profil und ein anderes aus himmlischen Höhen.

Der Mann im linken Seitenschiff ließ bereits beim Betreten der Kirche seine Augen ungeniert in die Runde gehen, so wie er das meistens tut, wenn er einen Konzertsaal oder auch eine Gaststube betritt.

Eine nicht erklärbare Faszination zwingt ihn, wieder und wieder zu dem Frauengesicht zurück zu kehren. Eine bemerkenswerte Ruhe geht von dem, wie er erst jetzt feststellt, sehr schönen Gesicht aus. Er möchte das Rätsel lösen und beruhigt seine Ungeduld damit, dafür mindestens fünfundvierzig Minuten Zeit zu haben.

Nun ist es der alte Herr oben in den Wolken, der sich nicht lösen kann vom Anblick der Frau in der fünften Reihe. Er kennt sie nicht und entdeckt kraft seiner Fähigkeiten, in gewisse persönliche Daten vorzudringen, dass sie in keiner der ihm zugänglichen Karteien bzw. himmlischen Speichermedien zu finden ist.

Er sieht auf ein Gesicht, das sich mit jedem Muskel, mit jedem Äderchen den Klängen ergibt und damit selbst zu einem musikalischen Klanggebilde wird. Er sieht etwas, das der Mann nicht wahrnehmen kann. Es sind ihre Hände, die ruhig auf ihren Knien liegen. Doch der Schein trügt. Fast unsichtbar vibrieren alle Glieder ihrer Finger, nehmen jede Phrase, jede versteckte Stimme wahr und trommeln sie mit kaum spürbarem Druck auf die sensibilisierte Haut ihrer Oberschenkel. Was ihre Ohren hören, geben ihre Fingerkuppen nochmals in ihr Verlangen ein, alles, was in diesem Raum schwebt an Melodie und Rhythmus bis zum Letzten aufzusaugen, mit zu nehmen in die Nacht - in den unerbittlich wartenden Alltag draußen vor dem Kirchentor.

Die Musik schwillt gewaltig an und reißt alle, auch den Herrn des Himmels im Spitzbogengewölbe, von dem Frauenkopf und allen anderen nebensächlichen Gedanken fort. Doch kaum ist das „forte fortissimo" der ersten beiden Strophen der „Sequenz" ausgeklungen und der Sänger mit der klaren Tenorstimme bereitet sich auf seinen Einsatz vor, kriechen sie wieder hervor, die Nebensächlichkeiten, und belästigen ihn aufs Neue.

Eins - zwei - drei - vier! - eins - zwei - drei – vier ...

Gib mir deine Hand, Liebling!

Ich habe den Schirm im Auto liegen lassen und Regen ist angesagt.

Gehen wir anschließend zum Griechen oder in das kleine Kaffee auf dem Marktplatz?

Unser Sohn hat die Mathematikarbeit verpatzt. Ich muss mit ihm intensiv üben!

Ich glaube, der Tenor hat eben den Ton nicht richtig getroffen.

Die Fotos vom letzten Urlaub sind gut geworden.

Ein anmutiger Wechselgesang der Solostimmen erklingt. Er weckt die Erinnerung an eine der schönsten Opern des gleichen Meisters. Nicht laute Töne, aber melodienreich und schön. Ausgerechnet in diesen Triogesang drängt sich ein eigentümliches Vibrieren in den göttlichen Gehörgang. Der Herr überzeugt sich mit einem kurzen Blick zur Seite, dass sein Engelchor zwischen den Kumuluswölkchen nicht zu tanzen und zu hüpfen beginnt, denn auch er selbst hat begonnen, verborgen über einer Wolke seine Finger im Takt spielen zu lassen.

Er will diesem sonderbaren Vibrieren nachgehen, aber er verliert die Richtung, denn es sind schon wieder zu viele andere Gedanken, die ihn bedrängen und verwirren.

Doch, da ist es wieder. Schmerzend nimmt er es wahr. Es kommt von hinten aus der vorletzten Reihe. Dort sprühen regelrecht die Funken. Hier scheint sich alles entgegengesetzt zu verhalten - regelrecht peinlich sind diese Signale. Überhaupt bahnt sich hier Ungeheuerliches an, das seine Ehre zu verletzen beginnt.

Ein auffällig gekleidetes und frisiertes junges Mädchen, es dürfte noch keine zwanzig sein, hat völlig vergessen, weshalb es in diese Kirche gekommen ist. Ab und zu gleitet ihr Blick über den Altarraum zu dem großen Kreuz und nimmt die Musiker wahr, die ihre Instrumente traktieren. Auch die Musik dringt für kurze Momente in ihr Bewusstsein. Sehr schön klingt das, gewaltig und wohltuend. Aber ihre Aufmerksamkeit ist auf gänzlich anderes gerichtet. Das Gesicht eines Mannes sieht sie und fühlt sich gefesselt von diesem Anblick.

Zu weit entfernt von ihr sitzt dieser junge Mann, um sich mit Aussicht auf Erfolg bemerkbar machen zu können. Er mag das gleiche Alter haben wie sie und hört mit leicht lächelnder Miene der Musik zu. Seine Lippen bewegen sich im Takt. Er trällert mit, nicht hörbar natürlich, doch mit einem Hauch zufriedener Ungeniertheit. Keiner seiner Nachbarn interessiert sich für ihn.

Sie kann fast frontal in das Gesicht sehen und nimmt jede seiner Regungen wahr. Tiefblaue Augen hat er. Sein Haar ist blond und voll. Der Anblick fesselt sie derart, so dass sie aufgibt, nicht zu ihm zu schauen. Was gäbe sie darum, wenn diese Augen zufälligerweise den Weg zu ihr finden und sich ihre Blicke treffen könnten, um - vielleicht - aufeinander haften zu bleiben. Sie würde ihre Augen in ihn hineinbohren und auf Antwort, auf ein Lächeln, auf ein ahnungsvolles Verlangen warten.

Gewaltig singt der Chor. „Rex", „Rex" und wieder „Rex" dröhnt es durch den Raum. Die Musik rast dahin.

„Rex - König - du könntest mein König sein, du blonder Schöner", prallen die Gedanken einer begehrenden Mädchenseele mitten hinein in göttliche Trommelfelle.

„Wie weltlich unanständig, unwürdig! Welche Missachtung sakraler Würde!!" wehrt sich sein göttliches Hirn. Vergessen möchte er sich vor Zorn und hinunter schreien:

„Ruhe, Ruhe mit diesen profanen Abschweifungen! Könnt ihr nicht eine Stunde lang abschalten von eurem Alltagstrott, euch besinnen auf wahre Werte und Schönheiten!"

Nach kurzer Pause rast es weiter in ihm:

„Mein Gott - Ihr braucht doch nichts weiter als zuzuhören. Ist das denn so schwer, dass es nur einigen wenigen von euch gelingt!"

Er besinnt sich und ist verärgert, dass es ihm schon ebenso geht wie denen da unten. Er schreit „Mein Gott", und vergisst dabei, dass er sich selbst damit anruft. Darüber verwandelt sich sein

Zorn in mitleidiges Lächeln. Er hat sich gehen lassen - und es ist ihm peinlich. Er schaut scheel in die Runde, aber keiner seiner Engelchen hat den Zornesausbruch bemerkt.

Verärgert über sich selbst ist er, dass es auch ihm nicht gelingen will, nur die wunderbare Musik zu hören, sich von ihr berauschen zu lassen. Warum ist die Kraft des Profanen größer als die der Melodien?

Die vielen Menschen, die dem Alltag entfliehen wollten, haben ihr Alltägliches mitgebracht. Sie konnten es nicht loslassen. Der Alltag hat seine Fesseln nur ein wenig gelockert, aber draußen vor dem Kirchentor wartet er unerbittlich als „Das Leben" mit seinen unendlichen Nuancen, spannend und eintönig, lustvoll und traurig. Mit aller Kraft wird es in Kürze alle, die hier so friedlich nebeneinandersitzen, wieder in seinen Sog und berauschenden Bann zurückziehen - in sich aufnehmen.

Während langer Phasen rezitativer Gleichmäßigkeit schwirren die Gedanken weiter durch das Kirchenschiff. Es denkt, es erinnert sich, es spöttelt, es plant und ärgert sich, so dass die Gedanken wie Wellen hin und her spritzen, sich reflektieren an den ornamentverzierten Kapitellen, zurück zu ihren Ursprüngen fliegen, sich dort vermischen mit denen, die während ihrer kurzen Reise neu geboren wurden, um erneut in die Leere zu rasen. Keiner der Anwesenden weiß von diesem Chaos, das sich im Raum über ihnen abspielt außer dem Einen, der dort oben im lichten Gewölk zweifach lauscht und sich wünscht, er könnte die Freude und den Genuss an der Kunst des großen Meisters ohne diese Nebenerscheinungen aufnehmen.

Er ist wieder bei dem jungen Mann, der bewundernd, aber keineswegs begehrend, die Frau in der fünften Reihe beobachtet. Dieser Mann ist sich dessen bewusst geworden, einem großen Geheimnis auf der Spur zu sein und möchte an das Wunder glauben, das er ahnt. Das Wunder ist die Fähigkeit, völlig abschalten

zu können von der alltäglichen Welt, um vorübergehend einzu-
tauchen in eine andere Welt, in eine Welt des Genusses.

Er möchte diese Art von Lust ebenfalls empfinden können und
versucht sich zu öffnen. Er sieht, wie diese Frau die Musik buchstäblich lebt, wie sie sich hineinfallen lässt in die Klänge und
darin schwimmt - sicher und bewegungslos wie in einer warmen
salzhaltigen Therme.

Er versucht es, er konzentriert sich, meint, dass es leicht sein
müsste, sich derart fallen zu lassen, denn er kennt diese Musik
sehr gut, bestimmt nicht weniger gut als die Frau dort in der
fünften Reihe.

Aber alle Bemühungen scheitern, denn seine Augen öffnen sich
nach jedem bewussten Schließen aufs Neue, um das, worum er
sich vergeblich so sehr bemüht, mit Augen zu sehen.

Der Anblick des Frauengesichtes siegt über dem Hörerlebnis.
Wie wunderbar sind diese Züge, diese Augen, die, halb geschlossen nach unten blicken. Ein musischer Traum sitzt ihm
gegenüber.

Der Herr in den Wolken zieht bei den folgenden Gedanken des
Mannes seine vollen ebenmäßig gemalten Augenbrauen lächelnd in die Höhe - möglichst unauffällig natürlich. Der Mann
denkt:

„Wie wird dieses Gesicht wohl ausschauen, wenn es heißt, Kar-
toffeln zu schälen oder genervt im Stau zu stehen. Was ist das in
Wirklichkeit für ein Wesen, das sich hier wie eine sensible Mu-
sengöttlichkeit präsentiert? Wie würde sie sein, wenn es gelänge, mit ihr an einem kleinen Tisch in einem Restaurant zu
sitzen. Wie würde sie sein, wenn es zu einer Bekanntschaft oder
auch mehr kommen würde?"

Und sie? Sie unterbricht die unsichtbaren Bewegungen ihrer
Fingerkuppen, löst ihren rechten Arm vom Oberschenkel, um
sich mit dem Handrücken zwei perlende Tröpfchen von den
Wangen zu wischen, denn es gab Harmonien, die, so muss der

Alte dort oben bedauernd feststellen, nur einen einzigen Menschen in dieser Kirche zu Tränen rühren konnten.

Die Musik fließt und die Gedanken der Menschen irren weiter wie Irrlichter hin und her.

„Confutatis maledictis, ...“ übernimmt der Chor.

Aber wie sollte es anders sein. Die Blitze zucken schon wieder durch den Raum, schrill und schmerzhaft rasen sie, trügerisch und schmeichelhaft schleichen sie umher, ziehen ihre Bahnen, füllen in ihrer profanen Unanständigkeit das Innere des geheiligten Hauses. Die Augen Gottes ziehen umher, kreisen über die Menschenreihen und bleiben am Auffälligsten hängen.

Das „bunte“ Mädchen, das schon einmal den Zorn des Herrn provozierte, ist wiederum Anziehungspunkt. Beschämt ist er über die eigenen profanen Gedanken - aber es muss wohl so sein, dass beim Tönen ihrer vollen Haarpracht eine Riesenportion Karminrot in den Farbtopf gekippt ist. So leuchtet jedenfalls ihre Mähne.

Sie hat nur Augen und Sinn für den Blonden, der in unveränderter Haltung ihr gegenübersitzt. Sie streicht in Gedanken über seine linke Augenbraue, von der ein Haarbüschel entrüstet in die Luft ragt. Der Rhythmus der Musik regt sie an, Kreise auf seinem Gesicht zu ziehen. Ihre Hand gleitet über seine Wangen, erfühlt die leicht hügelige Kontur seiner Nase.

Sie ist beflügelt von Träumen, die es nicht wagen, sich in Hoffnungen zu verwandeln.

In dem jungen Blonden, der nicht ahnen kann, welches Begehren er in einem anderen Menschen erregt, hat währenddessen die Musik ebenfalls ein Bedürfnis erzeugt, das von dem des Mädchens nicht weit entfernt ist. Er führt eine Bewegung aus, die den Blick zweier sehnsüchtiger Mädchenaugen in wahres Entsetzen umschlagen lassen.

Er lehnt seinen Kopf leicht an die Schulter des Menschen, der zu seiner Rechten sitzt. Und dieser Mensch, ein stämmiger, leicht sommersprossiger Mann, erwidert die Berührung mit eben der, die das Mädchen soeben noch träumerisch und gedankenversunken an ihm vollführte.

Die beiden sind ein Paar, donnert es dem Mädchen durch den Kopf. Herrgott, du da oben, musst du mir das antun? - schickt sie einen verzweifelten Seufzer in das Gewölbe. Was muss sie als grinsende Antwort hören? Alle sind sie meine Geschöpfe - liebet einander. Niemals habe ich Grenzen für die Liebe gezogen. Ob nun ganz normal oder ein wenig unnormal, spielt das eine Rolle? Pech gehabt, kleine Bunte.

Das war es nun. Welch wunderschöner Traum hat sich aufgelöst in ein Nichts, in eine Unmöglichkeit. Wäre der Mensch an der Seite des Schönen eine Frau, hätte sie das weniger geschockt, aber so ...

Es tut weh, sehr weh sogar.

Enttäuscht rückt sie ab von dem Anblick, lässt ihre Augen umherschweifen, nicht, um einen anderen zu suchen, nein, nur um die Zeit zu überbrücken, bis die Musik sich dem Ende nähert. Hatte sie schon keine riesige Lust gehabt, hierher zu kommen, so möchte sie am liebsten sofort die Kirche verlassen, sich verkriechen oder betrinken.

Doch was geschieht jetzt? Der Dirigent senkt die Arme. Ist das Konzert am Ende? Nein, die Solisten setzen sich auf ihre Stühle, der Dirigent wischt sich die Stirn mit einem Taschentuch ab. Eine leichte Unruhe macht sich im Orchester und auch unter den Zuhörern bemerkbar.

Das „Amen" des verklungenen langen Teiles, das im Programmzettel unter der Überschrift „Sequenz" steht, ist Anlass, eine Pause zu machen. Pause bedeutet für viele, die Sitzstellung zu wechseln, sich ungeniert die Nase putzen zu dürfen, mit dem Nachbarn zu tuscheln und so weiter. Die Kleine Bunte wendet ihren Kopf weit ab von dem Blonden, denn wie unangenehm ist die Vorstellung, würden sich jetzt zufälligerweise ihre Blicke treffen. Sie fürchtet sich vor sich selbst, dass ihr die Röte in das

Gesicht steigen würde bei einem Blickkontakt. Ein eigenartiges peinliches Gefühl beherrscht sie.

Aber nichts dergleichen geschieht. Sie schaut nach oben, eher zufällig und ihr Blick trifft sich mit dem des Herrn im Deckengemälde. Der schaut ihr ja direkt in die Augen, stellt sie erstaunt fest. Sie ist wie hypnotisiert und nun beginnt das Gesicht da oben auch noch zu lächeln. Sehr freundlich, aber wie kann denn das möglich sein?

Da der Greis nicht aufhört zu lächeln, fühlt sie sich angesteckt und - lächelt zurück. Ein kleines Wunder von Tröstung findet in einer kurzen Konzertpause statt. Das Mädchen lächelt nach oben zu einem Bild und beginnt den Ärger, der sie soeben noch beherrschte, zu vergessen.

Welche Freude ist das für den Herrn im gemalten Himmel - zu sehen, wie eine Enttäuschung überwunden wird dank seiner ein ganz klein wenig in die Höhe gemalten Mundwinkel.

Inzwischen hat der Dirigent den Taktstock erhoben. Alles rückt sich wieder in die rechten Positionen und schon erfüllen die Klänge des „Sanctus" die Kirche.

Die Kleine Bunte schaut noch immer zum Deckengemälde und nimmt sich vor, dies für den Rest des Konzertes zu tun. Aus dieser Richtung kann keine Enttäuschung kommen.

Der Herr schaut noch einmal zum Objekt ihrer Begierde zurück auf das Pärchen, das jetzt dezent etwas auseinandergerückt ist. Nur zwei unterschiedlichen Körpern angehörende Hände signalisieren sich die Impulse gehörter Rhythmen. Auch die beiden Männer warten auf das Ende des Requiems, aber sie genießen den Augenblick des Hörens und, so ist der oben in den Wolken sich sicher, wären traurig über die Enttäuschung eines bestimmten Mädchens, wenn sie davon wüssten.

Das „Benedictus" hat eingesetzt und äußerst zurückhaltend erreichen die gewohnten Störgeräusche die Ohren des Herrn.

Haben denn jetzt alle tatsächlich einmal nur Ohren für die wunderbaren Klänge des Wechselgesanges der vier Solisten.

Wie wohltuend ist das! Die reinste Freude dringt in tausend Ohren, möchte die Brustkörbe füllen mit dem Lob Gottes, der sich genießerisch die hinter den Wölkchen verborgenen Hände reibt über die Lobpreisungen seiner Größe.

Nur zwei Zeilen im Text währt dieser Gesang, aber welch wunderbares Spiel der Stimmen erfüllt den Kirchenraum! Kurz nur war die Freude, denn schnell ist der Satz beendet und schon verbreiten sich wieder die Gedanken im Kirchenschiff und kriechen hinein in die Ohren des Herrn.

Er schickt seinen Blick noch einmal zurück zu dem schönen Blonden, dessen Hand nun ruhig in der seines Partners liegt. Wie harmonisch und zufrieden mit ihm und der Welt sitzen die beiden und erfreuen sich des Momentes.

Die Kleine Bunte hat inzwischen begonnen, die Engelchen am Himmel zu zählen. Dazwischen schickt sie immer mal einen dankbaren Blick zu dem lieben Opa, der sie so nett getröstet hat.

Im Seitenschiff Reihe zwei, Platz drei - der Mann, der noch immer die Frau ihm gegenüber in der fünften Reihe anstaunt, ist noch immer gebannt, so dass die Intensität seines Erstaunens wiederholt mit donnernder Gewalt auf die Ohren des Herrn prallt. Der junge Mann hat aufgehört, sich mit Fragen zu beschäftigen, was wohl wäre, wenn .... und so weiter. Nein, er hat sich mit gewissem Erfolg ein neues Hören zu eigen gemacht, oder zumindest eine Möglichkeit für sich entdeckt, in einer Art meditativer Ergriffenheit zu hören. Er lernte soeben, mit geschlossenen Augen die Musik durch sein Inneres schweben zu lassen und hörte mehr, viel mehr als je zuvor. Er wünscht sich insgeheim, der Frau dort drüben Dank sagen zu dürfen für diese neue Erfahrung.

Der göttliche Greis sieht das und Freude überkommt ihn. Er schaut hinüber zu der Frau, die nach wie vor in den Klängen versunken ist und ihm fällt auf, dass ausgerechnet von ihr bisher kein einziger Gedanke vernehmbar war.

Ja, genau das ist es! Die Sinne dieser Frau sind völlig auf Empfang geschaltet, so dass kein einziger Gedanke aus ihr herausfindet, ja nicht einmal geboren wird. Diese Seele hat nur Raum für die Klänge Mozartscher Musik und damit keinen Platz für anderes. Zeit für Überlegungen wird sie später genug haben, aber jetzt ist der Augenblick, zu genießen. Nachher, wenn der Taktstock des Dirigenten zur Ruhe gekommen sein wird, mag es aus ihr heraussprudeln wie aus einem Wasserfall. Sie wird überlaufen in dem Wissen, die reinste Freude erlebt zu haben - aber erst danach. Jetzt hört sie in ihrer inneren Ruhe die wunderbarste Musik und lässt das Glück darüber erstrahlen, ohne zu ahnen, dass jemand von diesem Strahlen Notiz nimmt - und Nutzen für sich selbst daraus zieht.

Ein zufriedenes Räuspern purzelt von den leicht kitschig gemalten Wolken herunter. Man hätte es als störend empfinden können, aber die, die es tatsächlich wahrnahmen, ordnen es den Tauben draußen vor den Fenstern zu und keineswegs einer göttlichen Erkenntnis über die Psyche eines Menschen.

Inzwischen hat das „Agnus dei" eingesetzt. Verschiedentlich kommt erste Unruhe auf. Manche beginnen in ihren Taschen nach einer Spende für die Kollekte zu kramen, andere schauen nach ihrer abgelegten Bekleidung oder beginnen, das Textblatt, das man unentgeltlich am Eingang einem Kasten entnehmen durfte, sorgfältig zu falten, um es zu Hause dann doch im Papierkorb verschwinden zu lassen.

Der große Schlussakkord! Absolute Stille - Erlösung.

Der Dirigent verneigt sich wie üblich und gestattet durch seine Hinwendung zum Publikum, den Beifallsstürmen freien Lauf zu lassen. Alle Andacht mündet jetzt in ein Tosen von Händeklatschen. Jeder möchte das Seine zum Erfolg des Abends hinzufügen, denn Dankbarkeit erfüllt auch die, die mit ihren abtrünnigen

Gedanken, mit ihrer mangelnden Konzentration den Einen störten.

Hin und wieder schaut der eine oder andere hoch zum Gewölbe, glaubt freundlich grüßen zu müssen, wenn sich die Augen gemalter Göttlichkeit auf ihn richten. Dieses Lächeln animiert zur Freundlichkeit. Vereinzelt erheben sich die ersten Besucher, um stehenderweise ihren Beifall zu bekunden.

So sehr den Herrn im Deckenbild die lästigen Gedankenstürme während der Aufführung gestört haben, so empfindet auch er bei dem Dröhnen des Beifalles Genugtuung und erinnert sich, dass es Zeiten gab, in denen die ewig Gestrigen seiner Untergebenen es als arge Sünde verurteilten, wenn in diesem heiligen Raum der Freude ungehemmt Ausdruck verliehen würde.

Er sieht noch einmal genauer in die Richtungen, aus denen die stärksten Gedankensignale kamen. Die Kleine Bunte hat sich erhoben und schaut gelassen dem männlichen Paar hinterher, das sich in Richtung Ausgang bewegt.

Und die beiden anderen, denen seine Anteilnahme galt?

Der Herr aus der zweiten Reihe verfolgt jede Bewegung der Frau. Lange hat sie gezögert, ihre Hände zum Beifallklatschen zu erheben. Zu sehr ist sie noch im Reich der Musik. Sie könnte hier sitzen bleiben in Einsamkeit, bis auch die letzte Empfindung wie eine ewige Fermate leise ausgeklungen ist. Aber langsam erhebt auch sie sich.

Er, der so viel von dieser Frau heute Abend gelernt hat, sieht, wie sie sich zum Boden bückt und mit etwas Großem in den Händen wiederauftaucht. Sie hält einen Instrumentenkasten in den Händen, den sie wie ein Baby umarmt.

Den anderen folgend schiebt sie sich aus der Bankreihe und steuert, ohne sich für etwas anderes zu interessieren, dem Ausgang zu.

Für einen winzigen Augenblick streifen sich die Blicke beider.

Er bleibt allein mit seiner Dankbarkeit und der Erinnerung an einen Menschen, der ihm diesen Abend zum unvergesslichen Erlebnis werden ließ.

DIE ZEIT

Er sitzt schläfrig in dem hornalten Ledersessel, einem Erbstück, in dem angeblich bereits sein Urgroßvater sein Pfeifchen geraucht hat. Beweis dafür könnte der Brandfleck auf der rechten Armlehne sein. Durchgesessen ist er, aber urgemütlich mit seinen ausladenden Ohrenstützen. Hier lässt sich der Feierabend mit Zeitung und Tee genießen. Im Briefkasten fand er leider nichts außer der Tageszeitung, die nun auf seine Knie herabgefallen ist, denn bereits die erste Kolumne hat seine Augenlider schwer werden lassen und wohlig lässt er sich zurücksinken in die weiche Lehne.

Ein aus der Küche kommendes brodelndes Geräusch ist zu hören aber er ist zu lustlos, um über dessen Ursache Gedanken zu verlieren, aber die fehlende Teekanne auf dem Tisch sagt ihm, dass er zwar den Wasserkocher anstellte, aber vergaß, auf das Kochen des Wassers zu warten und dieses in die vorbereitete Teekanne zu gießen. Nun erklingt das wütende Pfeifen des Kessels und schreit: ich bin soweit!

Einige Tassen heißen Assam-Tees gehören zum Beginn des Feierabends. Es wäre kein richtiger Feierabend, wenn das einzige und wichtigste Genussmittel seines Lebens fehlt. Also faltet er die auseinander gefallenen Zeitungsblätter zusammen, pedantisch, wie es seine Art ist, ordentlich Blatt auf Blatt, legt das Papierbündel auf dem Tisch ab und erhebt sich gemächlich, so, wie er es sich nur zu Hause leisten kann, wo kein anderer zuschaut, und schlurft in die Küche. Auch das Schlurfen in seinen

Hausschuhen, denen man ein ähnliches Alter wie dem Sessel zutrauen möchte, hat er sich in seinen eigenen vier Wänden angewöhnt.

Nach einigen Minuten, die ihm wie Ewigkeiten vorkommen, sitzt er wieder im Sessel. Das Teelicht im Stövchen brennt, die Teekanne mit den exakt fünf Tassenfüllungen auf Entleerung wartet. Er hat Zeit. Keiner, der ihn bedrängen kann, niemand kann rufen. Ruhe ist um ihn und bald auch in ihm.

Er genießt die weichen Polster, die noch die Wärme seines Körpers gespeichert haben, und ist zufrieden, dass ihm keiner vorwerfen kann, er würde seine Trägheit genießen oder gar pflegen. Natürlich wäre das die absolute Wahrheit. Er fühlt sich schwer. Schwerer als sonst. Ja, er genießt heute besonders diesen wohligen Zustand, der ihn ausfüllt und ihm die Lust zu jeder sogenannten sinnvollen Beschäftigung nimmt. Seine Seele genießt das Nichtstun. Selbst die unzähligen Bücher und Musikaufnahmen verlocken ihn nicht.

Die Zeit, die der Tee braucht, um sein volles Aroma zu entwickeln, ist verstrichen. Dafür hatte er einen Löffel mehr von den schwarzen Teeblättern in die Kanne geworfen. Die erste Tasse ist eingeschenkt und er beobachtet das zarte Kräuseln des Wasserdampfes, das sich im Zentrum seiner Teetasse entwickelt und gen Zimmerdecke schwebt.

Den Fußhocker hangelt er sich mit den Füßen heran, lässt seinen Körper noch weiter in die weichen Kissen sinken und wartet, dass der Tee Trinktemperatur erreicht.

Doch was ist das! Wie eigentümlich! Er hört eine Stimme. Eine leise, sanfte Stimme, die spricht wie jemand, der flüstert, aber nicht überhört werden möchte. Träumen kann er diese Stimme nicht zuordnen - er ist wach. Zu deutlich macht sich diese geheimnisvolle Stimme verständlich. Sie spricht so bestimmend, dass er sofort erkennt, dass ein Gespräch folgen wird:

Du hast mich gerufen! Hier bin ich."

„Was? Wie? Wer spricht hier? Wen soll ich gerufen haben?" Erstaunen mischt sich mit Neugierde und er wartet zweifelnd auf Antwort. Da diese nicht sofort kommt, fragt er weiter: „Ich habe niemanden gerufen. Wer spricht hier?"

Ohne seine Körperlage zu verändern, schaut er um sich. Er sieht den ruhig aus der Oberfläche des heißen Tees entweichenden Dampf, der sich leicht kräuselnd wenige Zentimeter über der Tasse in Nichts auflöst. Dieser Dampf ist die einzige bewusst erkennbare Bewegung, die sich in seinem Zimmer abspielt. Es kann - es darf niemand hier sein, der zu ihm sprechen könnte. Einbildung muss es gewesen sein. Er horcht trotzdem - wartet lange Sekunden.

Da ist sie wieder, diese Stimme. Noch leiser als beim ersten Mal:

„Du suchst mich? Schon lange spüre ich das. Deine Augen werden mich nicht finden. Um mich zu erkennen, zu begreifen, musst du mich nur hören."

Er kann es nicht fassen. Es verschlägt ihm die Sprache. Aber es ist wahr. Die Stimme spricht zu ihm. Er hört sie. Es sind keine Halluzinationen.

„Hörst du mich?"

„Ja."

Während er das kürzeste aller Worte ausspricht, stellt er sich die unwichtigste Frage, ob denn die Stimme weiblich oder männlich ist. Er möchte eher auf ersteres tippen. Er lauscht. Da keine weitere Frage oder Bemerkung folgt, fragt er zögerlich, denn bei

aller Faszination kommt ihm die ganze Sache doch recht verrückt vor:

„Aber wer bist du? Wo bist du? Was bist du?"

> *„Du kennst mich. Ich bin das Wichtigste in Deinem Le-
> ben - das einzige Wichtige. Nur durch mich lebst, fühlst
> und denkst du. Ohne mich gäbe es keine Geburt, kein
> Sein, kein Werden, kein Sterben. Kein Licht, keine Bewe-
> gung könnte ohne mich in dieser Welt sein."*

Mit wachsender Spannung und Neugierde hat er zugehört.
Welch mystisches Spiel macht sich hier einen Spaß mit ihm, ausgerechnet mit ihm, dem jedes Horoskop eine sinnlose Dummheit
ist, der absoluter Rationalist ist. Aber die Stimme ist da. Er hört
sie. Angenehm ist ihr Timbre. Ja, sie ist weiblich. Manche
Träume ließen sich von erlebter Wirklichkeit kaum trennen,
doch diese Stimme ist kein Traum. Sie flößt ihm nicht Angst ein
- im Gegenteil. Er beginnt, sich der Imagination dieses Erlebnis-
ses zu ergeben, ja, er sucht nach dem Spaß an dieser eigenartigen
Begegnung und eine erwartungsvolle Ahnung überfällt ihn.

„Bitte, gib dich zu erkennen. Du hast mich neugierig gemacht."

> *„Ich bin die ZEIT - zu deinem besseren Verständnis:
> deine „ZEIT". Hast du vergessen, dass du mich oft ge-
> rufen hast. Du hast mich angefleht, hast mich verflucht,
> geliebt und gehasst."*

Nach einer Pause fährt die Stimme fort:

> *„Kein Stäubchen könnte sich zu einem anderen gesellen
> ohne mich. Alles würde in sich zerfallen, gäbe es mich
> nicht."*

Die Stimme macht erneut eine Pause als wolle sie ihm Zeit geben, sich der Größe, der Wichtigkeit ihres unerwarteten Besuches bewusst zu werden. Er hört und findet, wenn auch

verwundert, viele „Ja,s" in sich zu den Worten des Phänomens. Er wehrt sich, alle seine Standpunkte vergessend, gegen jeden in sich aufkeimenden rationalen Gedanken und wünscht, die Zeit, seine Zeit, die seine Augen unwillkürlich auf das Zifferblatt der großen Wanduhr lenkt, möge stehen bleiben - jetzt - sofort. Still soll sie stehen, bei ihm anhalten in ihrem ständigen Fluge, zu ihm reden - oder womöglich mit sich reden lassen.

Schon beginnen sich in ihm Fragen und Wünsche zu formulieren, die er mit der fantastischen Gesprächspartnerin zu diskutieren gedenkt. Wer könnte ihm die Macht geben, diese der menschlichen Sprache mächtigen „Zeit" zu halten.

Um den letzten Zweifel an der Tatsächlichkeit auszuräumen, fragt er vorsichtig:

„Träume ich oder bist du wirklich da?"

Die Stimme antwortet barsch, eigentümlich schrill werdend, auf seine ungläubige Frage:

> *„Könntest du mich hören, wenn es mich nicht gäbe. Wie kannst du es wagen, mich in Frage zu stellen? Du flehst mich an, wütest über mich wieder und wieder, denkst, verzweifeln zu müssen, wenn ich dir einmal zu lang werde und glaubst nicht an mich. Was bildest du dir ein? Typisch Mensch! Immer nur glauben, Herr über alles zu sein!"*

Peinlichkeit überkommt ihn. Bevor er eine Entschuldigung formulieren kann, spricht die Stimme in strenger Stimmlage weiter:

> *„Alles könnte sich ein Mensch untertan machen - mich nicht!"*

Nach einer Pause, in der jeder Widerspruch fehl am Platze gewesen wäre, erfüllt sein Zimmer ein Satz, der von einem eigentümlichen Nachhall begleitet wird: Alles könnte ein Mensch sich untertan machen - mich nicht!

Das war deutlich. Eine „Zeit", die zu beleidigen ist, die sich in ihrer Ehre gekränkt gibt. Er fühlt erneut den Drang, sich entschuldigen zu müssen, aber die Stimme redet weiter, nicht mehr vorwurfsvoll - eher etwas schulmeisterlich

> *„Ich bin enttäuscht von dir. Du weißt, dass ich bin - in dir bin - deinen Lebensablauf bestimme. Doch du ignorierst mich, wieder und wieder. Du nimmst mich nicht ernst. Das ist dumm. Ich möchte dir helfen - du sollst mich endlich begreifen, sollst lernen, meine Allmacht anzuerkennen."*

Endlich begreift er den Ernst und möchte wieder um Verzeihung bitten. Nicht nur für die Verlegenheitsbemerkung von vorhin, sondern für viel, viel mehr - für alles. Er setzt zur Rede an:

„Ja, Ja und nochmals Ja, du „Zeit" - ich weiß sehr wohl um dich und um meine Nachlässigkeit. Wie oft habe ich auf die Zeiger der Uhr dort an der Wand geschaut und dich fließen sehen in der Bewegung der dünnen Striche, die von Ziffer zu Ziffer wandern und dich ungemein lang werden lassen. Aber ebenso oft schaute ich scheel auf die gleiche Uhr und hoffte, die Zeiger wären langsamer, könnten stehen bleiben. Manches Mal wünschte ich mir, sie zurückdrehen zu können, um gelebte Augenblicke nochmals genießen zu können oder auch falsche Entscheidungen revidieren zu dürfen. Ich weiß, wie vermessen das ist."

Er sucht nach Worten, gleichzeitig sich darüber wundernd, so viele Worte ohne unterbrochen zu werden, reden zu dürfen. Ideen drängen auf ihn ein, Fragen, Bemerkungen, die ewig schon unausgesprochen, unausgedacht in ihm schlummern, die jetzt endlich einen Ansprechpartner haben könnten. So vieles gäbe es auszusprechen. Er ahnt die Gewalt, die Dramatik und Einmaligkeit des Augenblickes.

Die „Zeit" erkennt seine Gedankengänge wohlwollend und lässt ihm wiederum Zeit, sich zu sammeln. Sein Hirn driftet weit ab in Erinnerungen an vergangene, schöne Zeiten. Momente seiner Kindheit kehren zurück. Die erste Liebe erscheint in ihrer Zartheit, Wonne und Schmerzhaftigkeit, in ihrer Sehnsucht - erst ungestillt, dann nach langem Warten sich in die wunderbarsten Glücksrausche ergießend. Wann hat er das letzte Mal zurückgedacht mit derartigen Gefühlen an dieses wunderbare Beisammensein mit dem Menschen, für den er sich geopfert hätte, wäre es von ihm verlangt worden. Könnte er diese Zeiten noch einmal durchleben. Wie wunderschön wäre das.

Er denkt zurück an die Spiele der Kindheit, an die Versuche, den Lauf der Sterne zu verfolgen. Viele schöne und betrübte Momente aus vergangenen Tagen streifen seine Gedanken, um sich zu verlieren im diffusen Nebel der Vergangenheit.

Er zuckt zusammen - weiß nicht, warum.

Die absurde Idee überkommt ihn, dass jetzt, nachdem er auf mysteriöse Weise mit dieser bisher nur in physikalischer Abstraktion wahrgenommenen „Zeit" bekannt wurde, sich nicht vielleicht ein Weg finden ließe, sie, diese „Zeit", doch zur Rückkehr zu überreden. Wenn schon der Zauber sein Spiel mit ihm treibt, warum könnte dieser Zauber nicht weiter gehen dürfen.

Er sucht instinktiv nach Worten, wie er diesen Wunsch als Bitte, aber so, dass sie nicht als Unverschämtheit abgewehrt werden muss, über die Lippen bringen könnte.

Eine böse Ahnung überfällt ihn, ausgelöst von aufkeimendem schlechtem Gewissen. Es ist die Ahnung, die Angst, er könnte bereits mit dem Denken dieses Wunsches jede Akzeptanz seiner Person durch die „Zeit" verspielt haben.

Die angenehme Stimme wird ihm nicht antworten - nie wieder. Sie wird ihn bereits zornig verlassen haben. Dieser Wunsch ist so absurd, so unverschämt, dass er ihn schon im Gedankenansatz hätte abtöten müssen.

Schüchtern, beschämt, mit einem winzigen Rest von Hoffnung fragt er in die Stille: „Bist du noch da?"

Warten - langes Warten spannt seine Geduld auf eine harte Folter. Tatsächlich - die Befürchtung ist Wahrheit geworden. Niemand antwortet. Fort ist die Erscheinung. Beleidigt ist sie fortgeflogen wie ein erschrockener Vogel. Wieso konnte er nicht vorher überlegen, dass eine „Zeit", wenn sie sich schon herablässt, ihm zu erscheinen, mit ihm ein Gespräch beginnt, natürlich überall ist, also auch in ihm. Und da Gedanken natürlich ebenso nur in ihrer zeitlichen Abfolge existieren können, also Zeit eine unbedingte Voraussetzung für jedes Denken ist, lässt sich nichts vor ihr verheimlichen. Jetzt weiß er das, was er soeben unbedacht ließ.

Es läuft ihm kalt den Rücken herab bei dem Wissen darum, dass es etwas gibt, das alles von ihm weiß, schon immer gewusst hat und auch weiterhin nichts vor diesem Etwas zu verheimlichen sein wird.

Kennt man die Größe Zeit nur in ihrer physikalischen Abstraktion, stört das keineswegs, aber nun hat sich diese Größe personifiziert. Das fordert Verantwortung heraus. Das kann man nicht einfach abtun als irrelevant dem eigenen Ich gegenüber.

Furchtbar sind diese Gedanken. Bedrückend spürt er die ihn umgebende Stille - wie den Absturz in eine Zeitlosigkeit. Wie sehnt er die sanfte Stimme zurück. Was gäbe er für die Fortsetzung dieser Begegnung.

Vorbei - aus - verloren.

Währenddessen ist das Kerzenlicht unter der Kanne mit dem goldbraunen Tee heruntergebrannt und die kringelnden Wölkchen entstehen schon lange nicht mehr. Wie kurz ist das Leben eines Wölkchens? Er steht auf und holt ein neues Teelicht, tauscht es aus gegen die leere Hülle des abgebrannten und hält ein brennendes Streichholz an den Docht.

Nicht lange und die Kräuselwölkchen tanzen wieder lieblich wie die Irrlichter über einem einsamen Teich in der Schwüle eines Sommerabends.

Er versucht es noch einmal und ruft noch zurückhaltender, noch bescheidener:

„Komm zurück, bitte!"

Wieder lauscht er in die Stille - vergebens. Nichts. Kein Laut außer dem kaum hörbaren Knistern der Kerze. Die Begegnung wird einmalig gewesen sein. Er hat es verspielt und ist verärgert über seine Unüberlegtheit. Er lässt seine Gedanken erneut zurückgleiten in Vergangenheiten.

Er vergleicht die Zeitabschnitte seines Lebens mit der Vergänglichkeit der Wölkchen aus Wasserdampf. Ja, er muss den Worten der „Zeit" zustimmen. Nichts kann sein ohne diese grenzenlose Macht. Aber so groß diese Macht ist, so vergänglich ist sie. Wie dumm war der Wunsch, Zeit umkehren zu wollen. Wie wunderbar ist die Zeit, wie grausam kann sie sein. Welche Hoffnung verbirgt sich in ihr, welche Freude, welche Trauer. Alles kommt und geht - ist vergänglich. Nur die Erinnerung bleibt. Ist Erinnerung konservierte Zeit?

Allmächtig ist die Zeit, aber in ihrer Allmacht auch eigenen und einschränkenden Gesetzen unterworfen. Ihr oberstes Gesetz ist das der Unumkehrbarkeit. Die Zeit kann nur in eine Richtung laufen, ist eine streng gerichtete Größe. Ja, nur in Erinnerungen kann sie gespeichert werden, aber nicht die Zeit an sich, sondern das Geschehen in der Zeit. Wie kurios!

Er versucht, sich an das zu erinnern, was er in der Schulzeit über den Begriff Zeit lernen musste, ohne dass ihn das je sonderlich interessierte, geschweige denn für ihn eine persönliche Bedeutung haben könnte. Ja, was ist Zeit? Im täglichen Sprachgebrauch taucht das Wort Zeit ständig auf. Unzählige Male hat er es ausgesprochen, gehört, war es Richtschnur für sein Leben. Was wäre ein Leben ohne Zeiteinteilung? Unvorstellbar!

Aber was ist diese Zeit?

Geschwindigkeit ist der zurückgelegte Weg pro Zeiteinheit. Das Maß für die Zeit ist die Sekunde, die Minute bis hin zum Jahr. Was kommt danach? Das Lichtjahr, fällt ihm ein. Aber damit hat er schon die ersten Probleme. Ach ja, das ist die Zeit, die das Licht benötigt, um von entfernten Sonnen zu uns zu kommen. Aber das ist nicht die Definition. Wird ihm schon noch einfallen! Unvorstellbare Dimensionen hat die Zeit. Und das Gegenteil von dieser langen und schier grenzenlosen Zeit? Da gibt es kurze Zeiten, Milli- und Mikrosekunden. Das Wort Nanosekunde hat er auch schon gehört. Ebenso unvorstellbar sind diese winzigen Zeitintervalle. Eine längst vergessene Formel fällt ihm ein. Energie ist das Produkt aus Masse und dem Quadrat eben dieser Lichtgeschwindigkeit. Das ist doch das mit dem Lichtjahr! War das nicht die revolutionierende Erkenntnis des großen Einstein? Begreifen kann er das nicht, aber die Geschwindigkeit des Lichtes beträgt, wenn er nicht irrt, 300 000 km in einer einzigen

Sekunde. Er denkt nach und stellt fest: wenn ich einen Meter in der gleichen Zeit schaffe, fühle ich mich rekordverdächtig.

Es findet Spaß daran, in seinen Erinnerungen zu wühlen. Er bildet Wörter, in denen die Zeit enthalten ist. Uhrzeit, Tageszeit, Jahreszeit, Nachtzeit, Halbzeit, Halbwertzeit - das hat etwas mit Zerfall zu tun, fällt ihm ein - schöne Zeit, schlechte Zeit, Zeitintervalle, reziproke Zeit - ja, was war denn damit gemeint? Eins geteilt durch die Zeit, also dimensionsloses Ereignis pro Zeiteinheit. Hier fällt ihm die Akustik ein, denn darüber hat er einmal im Musikunterricht etwas gehört. Töne sind Schwingungen - als Frequenz bezeichnet man das - mit dem Begriff Hertz wird sie gemessen. In der Schule konnte man mit einem Gerät herausbekommen, welches der höchste Ton war, den jeder von ihnen noch hörte. Er brachte es auf erstaunliche 17.5 Kilohertz und wurde anerkennend gelobt für diese Fähigkeit. Der Schlechteste schaffte es gerade mal bis etwas über 10 Kilohertz.

Aber wie unwichtig ist das alles gegenüber dem Erlebnis, das er heute - soeben - hatte. Das ist etwas ganz anderes - oder auch wieder nicht - denn eigentlich war und ist es immer die gleiche Zeit. Die Zeit, die zu ihm sprach, ist auch die Zeit, die er benötigt, um von seinem Sessel in die Küche zu kommen und wenn er zurückkehren will, brauchte er noch einmal die gleiche Zeit. Die Zeit war und ist kein Phänomen. Phänomen ist nur der Umstand, dass sie auf einmal mit ihm sprach, sich ihm wie ein lebendiges, ja menschliches Wesen darstellte. Das ist das absurd Realistische. Das ist das Unglaubliche.

Er hatte vorhin das Teelicht unter die Kanne gestellt, um ein Glas Tee zu trinken, ein heißes wohlgemerkt, aber über dem Sinnieren schlief er ein. Sein Kopf ist nach zur Seite gerutscht und er spürt erst nach und nach die Härte des Holzes unter seiner schwach bewaldeten Kopfhaut. Sein Atem ist ruhig und gleichmäßig geworden.

Irgendwann wacht er auf, erinnert sich, da sein Mund trocken ist, an den Wunsch, zu trinken und muss erkennen, dass das Licht wiederum erloschen ist. Er hat demzufolge länger geschlafen als die Brenndauer eines Teelichtes. Und schon wieder mischt sich der Begriff Zeit in seine erwachende Gedankenwelt. Soll es ab jetzt nichts mehr geben, ohne dass „Zeit" nicht in seinem Kopf herumspukt. Hat sie sich bereits derart eingegraben in ihn?

„Guten Morgen!"

Die ersehnte Stimme schleicht sich ein in sein Ohr und macht ihn schlagartig zum wachsten Menschen. Aufspringen möchte er vor Freude über die Rückkehr der liebgewonnenen Stimme aus dem Nichts.

„Sei gegrüßt. Wie habe ich befürchtet, dich verloren zu haben. Ich habe dich gekränkt. Bitte verzeih mir. Ich muss erst lernen, mit dir umzugehen. Nie ist mir bewusst gewesen, wie kostbar du bist, wie sorgsam man mit dir umgehen soll, denn im Schlaf habe ich um deine Vergänglichkeit, um deine Unumkehrbarkeit erfahren. Es tut mir so leid."

Die Stimme der „Zeit" lässt die Entschuldigung gelten, ohne darauf direkten Bezug zu nehmen. Sie hat ihr erstes Ziel erreicht. Der Mensch hier in dem Sessel fängt an, sie anders als bisher zu respektieren.

„Beginnt dich das Gewissen zu plagen? Recht so! Du hast den Wunsch gespürt, mich zu empfangen. So bin ich zurückgekommen. Ich will dir Partner sein für einige Momente deines Lebens. Dann werde ich dich wieder verlassen, um irgendwann einmal, ein letztes Mal zurück

zu dir zu kommen. Aber nun zu deinen Fragen, die sich dir im Traum gestellt haben."

„Was bedeutet das? Du wirst mich verlassen, um mich ein letztes Mal zu besuchen - irgendwann?"

„Für diese Frage ist es noch zu früh. Beginne am Anfang und nicht am Ende. Was hast du erlebt oder erdacht in deinen Träumen?"

„Wirr und unwirklich waren meine Träume. Eine riesige Walze wollte mich überrollen. Als schon ein Teil ihres metallischen Umfanges über mir schwebte, erkannte ich, dass diese Walze nichts weiter war, als die Antriebswelle einer Uhr - einer winzigen Armbanduhr. Ihre unendlich langen Zeiger ragten neben mir bizarr in den Himmel."

Er macht eine Pause und vernimmt nichts als ein gedehntes

„Hmm..."

Dann wieder sprang ich umher in einem Universum, hüpfte von einem durch die Endlosigkeit rasenden Himmelskörper zum anderen, ohne ausmachen zu können, sprang ich von Sonne zu Sonne oder von Planet zu Planet. Vielleicht war ich in einem Atom und sprang von Masseteilchen zu Masseteilchen. War ich selbst zum winzigsten Elementarteilchen oder zum Energiequäntchen mutiert? Egal, die Angst verfestigte sich, ich könnte das Ziel bei meinen waghalsigen Sprüngen verfehlen und abgleiten in das Nichts - verloren ohne je wieder einen Halt unter den Füßen spüren zu dürfen. Alles um mich drehte sich in gewaltigen Rotationen. Mir wurde schwindlig dabei. Aber ich musste springen - über unendliche Räume. Als ich begriff, dass alle diese Bewegungen, diese überwältigenden Rotationen nur sein können, weil die „Zeit", also du, dies ermöglichst, kam mein Traum in die Endphase. Ich glaubte plötzlich, dass du dich entfernen würdest aus all dem, was um mich herum, ja auch in mir ist, wenn es mir einmal nicht gelänge, mein Sprungziel zu erreichen. Mir wurde klar, dass in diesem Moment alles in sich zusammenfallen würde, dass es keine Bewegung mehr geben könnte ohne dich. Ich war auf einmal zusammen mit dir verantwortlich für den Zusammenhalt der Welt. Es war so überwältigend schwer, diese Last der Verantwortung tragen zu müssen. Ich bemühte mich zu erwachen. Aber ich kam nicht schweißgebadet aus diesem Traum zurück, sondern sanft und erholt wie von einer schönen Reise. Hast du mich mit deiner warmen Stimme geweckt? Wenn ja, dann danke ich dir dafür."

„Gut so! Es gab mich immer und es wird mich immer geben. Ich muss dir etwas verraten - ein Geheimnis - ich trage einen furchtbaren Fluch auf mir. Ich bin dazu verdammt, einen geraden Weg stets in eine Richtung zu gehen, ohne Rückkehr, ohne Umkehr in einer ewigen Wanderschaft. Alles hat sich mir auf diesem Wege unterzuordnen. Alles, was geschieht, geschieht in mir - unabänderbar.

Es ist ein furchtbares Los, die Ewigkeit zu sein."

Diese Antwort erklärt ihm, was sein Traum ihm bereits mitzuteilen versuchte. Er will das, was er soeben hörte, mit eigenen Worten formulieren und erwidert:

„Keine Bewegung kann erfolgen ohne deine Anwesenheit. Also bist du für alles, was in dieser Welt, der großen wie auch in der kleinsten passiert, verantwortlich? Ich beginne zu verstehen, dass das ein furchtbarer Fluch sein muss.

„Ja, alles ist, weil ich bin. Ich bin wie eine Plattform, auf der alles geschieht - jede Bewegung - jedes Leben. Ob das die Kämpfe zwischen Energien und Massen im

Innersten, im kleinsten nur Erahnbaren oder die unvor-
stellbaren Ereignisse in den unendlichen Dimensionen
des Weltalls sind. Nicht fassbare Kräfte herrschen dort.
Oder ob es nur deine oder eure winzige Welt ist, die ihr
in der euch eigenen Überheblichkeit zum Mittelpunkt des
Universums machen möchtet. Überall ist nur ein Sein
möglich, weil ich bin. Ohne mich würde tatsächlich alles
in sich zusammenfallen und zu einem recht kleinen Hau-
fen von nutzloser Masse, oder nenne es auch Energie,
werden. In euren Worten gesprochen, zu einem Haufen
Dreck."

„Gigantisch ist diese Vorstellung. Ich kann nur flehen: Bitte ver-
lass uns nicht!"

„Das ist ja mein Fluch. Ich kann nicht fort. Es gibt
nichts, wohin ich flüchten könnte. Ich bin verdammt
dazu, die Ursache für alles Geschehen zu sein - seit
Ewigkeiten und für weitere zahllose Ewigkeiten."

„Ich beginne, deine gigantische Macht und Größe mehr und
mehr zu erkennen - anzuerkennen. Und je mehr ich deinen Worten zuhöre, desto mehr erwacht die Freude in mir, in dir leben
zu dürfen. Ich werde mir vornehmen, mehr an dich zu denken,
wenn ich meinen Tagesablauf absolviere. Wie kostbar bist du
für uns, für alle, die wir in dir leben. Und ich ahne auch, wie
wenig dir die Achtung zuteil wird, die du verdienst. Wie ver-
geude ich dich, obwohl ich weiß, dass es keine Sekunde gibt, die
nochmals durchlebt werden kann. Die Zeiger der Uhr drehen
sich und ordnen dir lediglich eine Maßeinheit zu. Und wenn ein
Zeiger einmal stehen bleibt, kümmert es dich nicht. Du brauchst
nicht die Uhren. Die sind nur für uns Menschen da. Aber was

wären die Uhren ohne dich? Das wäre wie ein Schiff ohne Wasser oder ein Feuer ohne Wärme."

Er greift während seiner Rede nach dem lauwarm gewordenen Teeglas, trinkt einen Schluck und stellt das Glas zurück auf den Tisch. Etwas unsanft, dass es klirrt und er befürchten muss, dass es Scherben und einen Wasserfleck auf dem Teppich gibt. Er schaut auf die Uhr und stellt fest, dass es höchste Zeit ist, sich fertig zu machen zu einer gewissen Verabredung. Schon über eine Woche freut er sich auf die Begegnung mit einem lieben Menschen und beinahe hätte er das über der Unterhaltung mit der nebulösen Erscheinung vergessen. Wieder Gedanken, die die Stimme kränken müssen. Er ruft:

„Entschuldigung!"

Da keine Reaktion kommt, fragt er schüchtern:

„Bist du fortgegangen?"

Wieder erfolgt keine Antwort. Er ist allein. Doch jetzt kann er sich damit trösten, dass die „Zeit" schon einmal zurückgekommen ist und ihm auf sein Bitten bestimmt auch ein zweites und drittes Mal erscheinen wird.

Also steht er auf und beginnt sich für das Treffen mit dem ihm liebsten Menschen, das ist eine nette hübsche Frau, die er seit einigen Monaten seine Freundin nennen darf, fertig zu machen. Lang wird der Abend und schön.

Am nächsten Tag in fortgeschrittener Abendstunde ergibt sich das folgende Gespräch. Er ist müde nach Hause gekommen, hat es sich wie tags zuvor in seinem Sessel bequem gemacht, sich eines seiner Lieblingsmusikstücke angestellt und genießt die bekannten Melodien, die er wieder und wieder mit nicht aufhören wollender Hingabe hört.

Nachdem das letzte der Lieder verklungen ist, macht sich die „Zeit" wieder bemerkbar. Vorsichtig nähert sie sich ihm mit Worten, die sie ihm in die Ohren flüstert:

> *„Die Musik bin ich. Ich bin in jedem kleinsten Ton, in jedem Klang, in jeder Pause. Suche mich in der Musik und du wirst finden, was ich meine."*

Erstaunt, aber dankbar für die wohltuende Art, wie die Stimme ihn angenehm überfällt, seine Gedanken in Bahnen lenkt, die ihm Verständnis über sich selbst, über das Leben mit all seinen wundersamen Facetten einflößt, hört er die nächste Musik anders als bisher - zumindest versucht er es. Da klingt ein Akkord, der ihn vorbereitet auf den Einsatz einer menschlichen Stimme. Wie liebt er gerade diese Harmonie. Gleich wird ein Geigenbogen lustig auf der A-Seite umherspringen und was passiert da in Wirklichkeit? Ein Stück gespanntes Seil wird in Schwingungen versetzt, bringt die Luft in einem Resonanzkasten zum Vibrieren und erzeugt den lustig anmutenden Klang, der aus nichts als Schwingungen von Luft besteht. Da ist eine menschliche Stimme, deren Ursache in der Vibration eines Kehlkopfdeckels zu suchen ist, da ist eine bedächtige Oboe, die in ihrem Rohr eine Luftsäule zum Schwingen bringt. Alle diese Bewegungen von Luft, von simpler Luft, die doch nur zum Atmen, zum Erhalt des Lebens notwendig ist, erzeugen nach einer zauberhaften Metamorphose und gespenstisch anmutenden Speicherung in einem technischen Gerät in seinem Ohr die Signale, die seine Seele erfreuen, erschüttern, ihn das empfinden lassen, was die Stimme eines Menschen, einer Geige oder einer Oboe einmal zu sagen hatte.

In diese Gedanken hinein ruft etwas ungeduldig die „Zeit":

> *„Und? Erkennst du mich?"*

„Ja doch nur! Pst! Lass uns zusammen den Schluss hören! Ich weiß, dass du, nur du allein Ursache bist für jeden Ton, den wir Menschen hören können. Natürlich weiß ich, dass die Anzahl der Schwingungen pro Sekunde die Höhe des Tones bestimmt. Natürlich bist du für alles verantwortlich, was ich, was wir, als schön oder auch nicht schön empfinden können. Es könnte kein Geräusch und auch keine Stimme geben ohne deine Anwesenheit."

Nach einer kurzen Pause beginnt das nächste Stück. Er hört und hat das Gefühl, anders, viel mehr zu hören als bisher. Er dringt tiefer in die Musik ein - oder ist sie es, die tiefer als je zuvor in ihn eindringt?

Die Stimme hat sich davon gemacht. Sie will ihn beim Hören nicht mehr unterbrechen. Schließlich wird sie erkannt haben, dass er sie, die „Zeit", in der Musik genießt.

Es vergehen einige Tage, an denen er mit seiner täglichen Arbeit beschäftigt ist und keine Muße findet für Ablenkung. Die Frau, die er liebt, ist verreist und um die Sehnsucht im Zaum zu halten, verkriecht er sich in die Pflichten seines Berufslebens. Selten sucht die „Zeit" ihn während dieser Tage auf.

Endlich hat er die Geliebte wieder und sie liegen sich in den Armen, reden und sind zärtlich miteinander. In einem der Momente der sehnsüchtig erwarteten und sich endlich befriedigenden tiefsten Lust ist die Stimme der Zeit wieder da und lässt ihn stocken in den Bewegungen, die die Seelen beider mit himmlischer Wärme durchströmen.

> *„Ich bin wieder da, mein Lieber. Immer bin ich anwesend. Ich höre mit. Ich fühle mit dir - mit euch."*

Bei den ersten Worten empfindet er Zorn über die Ablenkung. Hat denn diese „Zeit" nicht keinen Anstand, abzuwarten. Muss sie sich ausgerechnet jetzt einmischen. Aber die weiteren Worte kommen so einschmeichelnd, ja ein wenig verschmitzt in seinen Gehörgang, dass sich der Zorn in Freude verwandelt.

Noch fester drückt er den nackten Körper der Frau an sich. Jetzt die Zeit festhalten können - ein ewig währender Genuss! Wie beim Hören der Musik will er jede Phase des Zusammenseins, jedes leiseste Vibrieren ihrer Körper mit anderem Bewusstsein in sich und sie einströmen lassen. Die „Zeit" ist in ihm, füllt ihn aus, und er ist ihr dankbar wie nie zuvor. Warum nur ist die Zeit so vergänglich? Bis dass der Tod uns scheidet - die Vergänglichkeit wird ihn, wird sie beide einholen - spätestens am Ende eines ihrer Leben.

Noch einmal ergibt er sich, alles andere vergessend, seiner Liebe. Doch eine leise Trauer überfällt ihn, so dass er später eigentümlich melancholisch wird.

Seine Tage vergehen in liebevoller Zweisamkeit mit der geliebten Frau oder an einsamen Abenden in Gesprächen mit dem Phänomen. Er möchte zu der Frau von der Stimme reden. Auch zunehmend während gemeinsamer Liebesstunden erscheint sie - doch ausschließlich zu ihm spricht sie - leise, so leise, dass die Geliebte nichts hören kann. Keinen Halt macht die „Zeit" vor seinen Bedürfnissen, Stimmungen oder Tätigkeiten. Sie redet einfach ohne Rücksicht dazwischen, wie ein Kind sich gern in die Gespräche Erwachsener, jede liebevolle Akzeptanz voraussetzend, hineindrängelt. Sie kommt, redet zu ihm und bringt ihn auf die seltsamsten Gedanken.

Er hat der „Zeit" das Versprechen geben müssen, keinem Menschen von der Begegnung mit ihr zu erzählen. Strenges Geheimnis soll es bleiben. Und als er einmal drauf und dran ist, nach einem langen vertrauten Gespräch mit der Geliebten dieses Versprechen zu vergessen, fühlt er sich unsanft angestoßen und ist gezwungen, zu einer Notlüge zu greifen.

Bei einem folgenden Zwiegespräch, in dem es wieder einmal um die Physik geht, fragt er, ob er nicht doch wenigsten diesem einzigen Menschen, sie weiß schon, wen er meint, von ihren Gesprächen berichten dürfe. Er erhält wie so oft, keine Antwort und wird gezwungen, sich mit vergessenem Schulwissen bis hin zur schon einmal erwähnten Einsteinschen Energieformel herumzuschlagen. Die Zusammenhänge zwischen Energie, Masse und Geschwindigkeit, in der das Licht seine ebenso geradlinigen Wege beschreibt wie die Zeit, sind zwar sensationell erkenntnisreich, aber unwichtig gegenüber der Frage, die er so gern positiv beantwortet bekommen hätte.

Dann, ganz unerwartet, kommt die Antwort.

> *„Nein, niemandem wirst du etwas von unseren Gesprächen sagen. Ich komme zu den Menschen, die mich rufen."*

Er fühlt bei dieser Bemerkung, dass der Satz noch nicht beendet sein kann und wartet geduldig. Nach einer längeren Pause fährt die Stimme in einem Tonfall, die jeden Widerspruch im Keim erstickt, fort:

> *„Du wirst mir nicht zuvorkommen!"*

Er nimmt die Anweisung zur Kenntnis und verspricht, sich an das Verbot zu halten. So vergehen <u>Tage</u>, Wochen. Die Besuche der „Zeit" werden immer rarer. Es gibt vermehrt Tage, an denen es zu keiner Begegnung kommt, bis eines Tages die Stimme mit einem bisher nicht gekannten Akzent zu ihm spricht. Es ist der Akzent des Abschiedes.

„Guten Abend, mein Lieber - ich gehe fort von dir, nicht ganz, aber wir werden uns lange nicht mehr begegnen. Du hast gelernt, mit mir umzugehen, bewusst und nicht mehr mit der Verschwendungssucht, die dir früher eigen war."

Er will etwas Bestätigendes sagen und holt weit aus zur Antwort. Aber er wird zurechtgewiesen zum Schweigen.

„Später einmal, aber das hat noch Zeit, werden wir endgültig Abschied nehmen, wenn ich dir ein letztes Mal begegne. Dann kannst du mir Dank sagen für meine Anwesenheit in deinem Leben. Dann wird die Uhr für dich ablaufen und du wirst zerfallen in das Nichts wie alles, von dem ich mich auf ewig verabschiede. Bis dahin genieße mich. Ich werde still, sprachlos in dir anwesend bleiben. Alle Antworten auf Fragen, die du mir bisher nicht gestellt hast, wirst du dir selbst beantworten müssen, denn dein Wissen um mich ist groß genug."

Aus weiter Ferne klingt es wie eine leise Melodie:

„Lebe wohl!"

Das waren die letzten Worte der Stimme. Sie machen ihn traurig. Er möchte aufspringen, um die so liebgewonnene Stimme zu halten - aber wie sollte er etwas halten können, das nicht körperlich ist. Er muss sich damit trösten, dass die Stimme in ihm bleibt für den Rest seines Lebens, wenn auch verstummt.

Er nimmt sich vor, dieses zerbrechliche, ins Imaginäre verschwundene Kleinod zu hüten wie die größte Kostbarkeit. Er hat in den langen Gesprächen erkannt, dass es nichts geben kann, das wertvoller, unersetzbarer und vergänglicher ist als das, dem diese Stimme angehört.

So lebt er Tag um Tag, Jahr um Jahr, weiter im Bewusstsein, einen geheimen Verbündeten zu haben, weit fort von ihm und doch so nah. Er hat sein Wort nicht gebrochen und keinem Menschen etwas von den wundersamen Begegnungen mit dem Phantom „Zeit" erzählt.

Manches Mal bemerkt er erstaunt, dass sich sein Verhältnis zum Begriff „Zeit" kolossal verändert hat. Er rügt sich, wenn er sich beim Verschwenden dieses Gutes ertappt. Nach einiger Übung gelingt es ihm, schöne Momente besonders zu genießen, weil er um deren Vergänglichkeit weiß oder während weniger schöner Momente sich damit zu trösten, dass diese abgelöst werden von solchen, die ihn erneut genießen lassen.

Ab und zu lernt er Menschen kennen, bei denen er spürt, dass ihnen ähnliche Begegnung widerfahren sein müssen. Er lächelt dann zu ihnen hinüber und glaubt jedes Mal in der Erwiderung seines Lächelns von unbekanntem Mund die Bestätigung seiner Vermutung zu sehen. Es ist, als würden sich Fremde begegnen, die, ohne sich zu kennen, als Verbündete voneinander gehen.

Die Stimme der „Zeit" nimmt für ihn in diesem Lächeln Gestalt an - oft - immer öfter.

Die Schlinge

Anja Richter, 39 Jahre alt, sportliche Figur, stets attraktiv und modisch gekleidet, glücklich verheiratet, wohnt mit ihrer Familie einige hundert Meter westlich des Dorfes Kleinneudorf auf einem Grundstück, das an der Peripherie eines ausgedehnten Mischwaldgebietes liegt. Ihr Mann, Peter Richter, hat dieses Grundstück inclusive des großen Wohnhauses und einigen Nebengebäuden vor sechs Jahren von seinen Eltern übernommen, als diese sich recht früh für ihr Alter und ohne gesundheitsbedingte Begründung in eine Einrichtung für betreutes Wohnen entschieden.

Sie wohnen sehr einsam fast mitten im Wald und sind mit der Außenwelt nur durch einen schmalen Waldweg verbunden, der zur Straße nach Diesleben führt. Direkt an der Einmündung des Waldweges zur Straße befindet sich die Bushaltestelle „Habichtswiese". Der Linienbus mit Endhaltestelle Diesleben-Marktplatz fährt im Abstand von zwei Stunden täglich, auch an den Wochenenden.

Das Grundstück der Familie Richter gehört zu dem kleinen Dorf Kleinneudorf, in dem, wie man so schön sagt, „Der Hund begraben" ist. Die letzte kleine Einkaufsmöglichkeit hat im vergangenen Jahr aufgegeben. Für alle Besorgungen muss man die fünf Kilometer per Bus oder Auto nach Diesleben fahren. Hier sind auch die wichtigsten Behörden in einem Rathaus angesiedelt. Auch ein Krankenhaus mit einer chirurgischen Station und einer Spezialabteilung für Urologie befindet sich in dieser Stadt -

natürlich auch die Schule inclusive Gymnasium für alle umliegenden Ortschaften.

Peter Richter arbeitet in einem Ingenieurbüro für Straßen- und Brückenbau und ist häufig auf Dienstreisen. Mitunter kommt er monatelang nur an den Wochenenden zur Familie.

Anja Richter hat sich ihren Arbeitsplatz in der ehemaligen Gästewohnung im Keller eingerichtet, deren große Fenster einen herrlichen Blick in den Garten zulassen. Hier macht sie Übersetzungsarbeiten vorwiegend mit fachlichem Inhalt. Sie hat ein Studium auf dem Gebiet der Feinmechanik / Optik mit besten Zeugnissen abgeschlossen, war bereits während des Studiums viel im Ausland, meist in Englisch und Spanisch sprechenden Ländern unterwegs. Sie hat keine geregelte Arbeitszeit und kann frei entscheiden, ob sie sich im Garten beschäftigt, sich in die Sonne legt oder im Herbst Pilze sucht.

Die Tochter Rebecca hat vor ein paar Wochen ihren achtzehnten Geburtstag gefeiert und ist dabei, ihre Abiturprüfungen abzuschließen. Sie besucht das schon erwähnte Gymnasium in Diesleben und kommt meist erst am späten Nachmittag mit dem vorletzten Bus nach Hause. Sie hat bereits einen Studienplatz für Germanistik und wird sich in den nächsten Ferien um eine kleine Wohnung in ihrem Studienort kümmern müssen.

Rebecca sieht eher gelangweilt auf das Angebot von Männern (Mitschülern) herab und spart sich Beziehungen zum anderen Geschlecht für später auf. Dabei brauchte sie nur den kleinen Finger zu heben und viele würden mit Begeisterung anbeißen. Ihre Zurückhaltung mag auch mit einem Erlebnis im vergangenen Jahr zusammenhängen, von dem noch die Rede sein wird.

Mutter und Tochter haben sich zu einem Team zusammengelebt, das unzertrennlich scheint. Beide lesen viel und unternehmen

Ausflüge mit dem Auto der Mutter in die weitere Umgebung. Die Hausarbeit teilen sie sich, so dass jede ihre Aufgaben hat. Interessant ist, dass sich Mutter und Tochter sehr ähnlich sehen. Vom Vater hat sie äußerlich wenig mitbekommen, aber es kam schon oft vor, dass Freunde, die die beiden Frauen von weitem sahen, meinten, es kämen Zwillingsschwestern auf sie zu. Auf einem Faschingsball erschienen sie als „Doppeltes Lottchen" und wurden für diese Kostümierung ausgezeichnet.

xxx

Donnerstag 15.22 Uhr.
Ein Schmerzensschrei kreischt durch das dichte Unterholz des Waldstückes zwischen der Bushaltestelle „Habichtswiese" und dem Grundstück der Familie Richter.
Der Schrei verhallt ungehört in der einsamen Gegend und geht nach kurzer Zeit über in ein Stöhnen, vermischt mit grässlichstem Fluchen.
Einen einzigen Zeugen des Schreies gibt es. Es ist Frau Anja Richter. Sie hält noch - gezwungenermaßen „noch" - Körperkontakt zu dem Schreienden. Im gleichen Moment, in dem der Mann über ihr den Schmerzensschrei ausstößt, greift sie den Mann an den Schultern und wirft ihn in das Unterholz. Er stolpert rückwärts und fällt in einen Busch. Trockene Äste knacken. Während er zu orten versucht, wo der furchtbare Schmerz seinen Ursprung hat, muss er sich in eine Körperlage bringen, die ihm gestattet, klar zu denken. Er kommt auf die Beine, lehnt an einem Baumstamm.

Anja rennt davon, um möglichst schnell aus der Reichweite des Schreienden zu gelangen. Sie steht etwa zwanzig Meter von dem stark blutenden Mann entfernt, der aufgegeben hat, von einem Bein auf das andere zu springen und sich krümmt vor Schmerz. Seine Hände, die bereits blutig sind, als hätte er sie in einen Farbeimer getaucht, hält er schützend vor seinen entblößten Unterleib.

Mit zitternden Händen findet Anja endlich das Handy und tippt die Nummer 112 ein. Eine Stimme meldet sich und Anja ruft in das Handy:

„Hier Anja Richter. Schnell! kommen Sie schnell! Der Mann verblutet!"

„Beruhigen Sie sich! Ganz langsam. Wo sind Sie?"

„Im Waldstück hinter der Bushaltestelle „Habichtswiese". Am Weg zu unserem Grundstück."

„Na also, geht doch. Und noch einmal; wer sind Sie?"

„Anja Richter."

„Ihre Wohnanschrift?"

„Kleinneudorf, Am Rande 23."

„Bitte Ihre Handy-Nummer."

„Oh, die weiß ich nicht. Ich rufe mich niemals an."

„Ist schon gut, die steht auf meinem Display. In spätestens fünf Minuten sind wir bei Ihnen. Welcher Art ist die Verletzung?"

„Eine offene Schnittwunde. Blutet fürchterlich. Ich kann da nicht helfen. Ich werde auf den Weg gehen, dass sie mich sehen können."

Auch wenn Anja nicht auf die Uhr gesehen hat, hört sie nach sehr kurzer Zeit das immer lauter werdende Martinshorn des Krankenwagens. Der Mann liegt jetzt stöhnend auf dem Waldboden und sie hört nur ab und zu das Krachen von dürren Ästen.

Mitunter ist auch ein lallender Hilferuf zu hören. Anja ruft dem Mann zu:

„Der Krankenwagen kommt in drei Minuten. Bleiben Sie, wo Sie sind und liegen sie still!"

Kaum hörbar stöhnt es zur Antwort:

„Du Bestie, das wirst Du büßen!"

Anja hält es nicht für nötig, zu antworten, denkt sich aber ihr Teil. Erst Mal bist „du" mit der Buße dran! Nie wieder wirst du eine Frau anfassen. Als ob er Anjas Gedanken hat hören können, kommt der nächste Wutausbruch etwas lauter als vorher:

„Oh! Oh! Ich erwürge Dich, verdammte Sau!"

Sie erwidert nur:

„Halten Sie lieber Ihren Mund und drücken die Wunde zu. Sehen Sie nicht, wie Sie Blut verlieren! Hören Sie das Martinshorn? Reißen Sie sich zusammen!"

„Oh! Oh!"

Anja geht ein paar Schritte auf den Verletzten zu und ruft:

„Die werden Sie jetzt schön verarzten und dann gehts ab in den Knast. Nie wieder wirst Du eine Frau belästigen! Begreifen Sie das!"

In ihrer Aufregung wechselt sie vom Du zum Sie und zurück.

Das Martinshorn ist abgeschaltet und Anja hört auch das Motorengeräusch nicht mehr. Sie stolpert die wenigen Meter zum Weg, geht den beiden Männern, die eine Trage bringen, entgegen und antwortet aus der Entfernung auf die Frage, die einer der Sanitäter ihr entgegenruft:

„Ja, ich habe soeben angerufen."

Den Männern folgt eine Frau mit Arztkoffer, die mit einem PKW dem Krankenwagen gefolgt war. Sie ruft:

„Wo ist der Verletzte?"

„Hören Sie ihn nicht winseln? Dieses verdammte Schwein! Da drüben im Unterholz!"

In ihrer Erregung gebraucht sie Ausdrücke, die normalerweise nicht ihrem Wortschatz angehören.

Die Ärztin ist die Erste, die den Mann zu Gesicht bekommt. Der stöhnt ihr entgegen:

„Na, endlich!" und bekommt erst mal zur Antwort:

„Also, zaubern können wir auch nicht!"

Während sie diesen Satz ausspricht, sieht sie die Bescherung und ruft entsetzt:

„Ach, Du meine Güte! Wie konnte denn das passieren? Das ist ja grauenvoll!

Los, schnell die Trage, schnell! Los, eins - zwei - drei"

Die beiden Sanitäter heben den Mann, der wieder vor Schmerz aufschreit, auf die Trage. Das Blut fließt mehr als das es sickert. Sie gibt Anweisung, dem Mann die bereits blutdurchtränkte Hose auszuziehen. Erst jetzt wird den beiden Männern die wahre Tragödie sichtbar. Sie wenden sich kurz zur Seite und stöhnen nun ebenfalls ein entsetztes:

„Oh Gott - Oh Gott!"

Die Ärztin greift zum Koffer, nimmt den größten ihrer Pressverbände heraus und bindet diesen fachgerecht um den Unterkörper.

Die beiden Sanitäter versuchen, ihre blutverschmierten Hände im Waldboden zu säubern und ziehen sich erleichtert einige Meter zurück, während die Ärztin den Mann notversorgt. Der plötzliche Druck des Verbandes auf die offene Wunde lässt den Mann mindestens so laut aufschreien wie beim ersten Mal. Der Schmerz macht ihn bewusstlos. Die Ärztin verpasst ihm eine

Tetanus-Spritze und weist die Sanitäter an, den Mann schnellstens in das Krankenhaus zu bringen.

Der eine der beiden will loslaufen, um den Krankenwagen auf dem Waldweg in die Nähe zu fahren. Die Ärztin schreit:

„Zurück! Ihr nehmt den Mann sofort mit. Los! Los! Wir sehen uns später. Ich bleibe noch hier, um das Protokoll aufzunehmen. Sofort in den OP-Saal."

Der Mann schwebt auf der Trage den Waldweg entlang und die beiden Frauen hören leise die Stimme des Wiedererwachenden:

„Schlampe, Verdammte Schlampe."

Was noch von seinen Stimmbädern an die Adresse Anja Richter gesendet wird, bleibt in den Bäumen und im Unterholz ungehört hängen.

Kurz danach hört man das Martinshorn sich entfernen. Die Ärztin wischt sich nun ebenfalls notdürftig die Hände an einem Zellstofftuch ab, nimmt ihr Handy und bereitet die Notaufnahme des Krankenhauses darauf vor, was sie gleich zu erwarten hat.

Sie schaut auf ihre Hände und das Telefon und bemerkt:

„Überall Blut - ist ja furchtbar!

So, Frau Richter, ich brauche noch ein paar Auskünfte von Ihnen. Entschuldigung, ich habe mich nicht vorgestellt. Ich bin Alexandra Maiwald - Dr. Maiwald."

Während der Vorstellung kramt sie in ihrem Koffer nach einem weiteren Zellstoff, denn sie entdeckt weitere Blutspuren. Sie hat das auszufüllende Formular gefunden und beginnt mit der Befragung:

„In welchem Verhältnis stehen Sie zu dem Mann, Frau Richter?"

„In keinem."

„Wann haben Sie ihn gefunden."

„Als ich bei ..."

Bitte etwas lauter!

„Wenige Sekunden, bevor ich die 112 anrief."

„Gut, also vor etwa zwölf Minuten - bzw. 15.22 Uhr."

Anja spürt, dass ihre Beine weich werden und sie das dringende Bedürfnis überkommt, sich setzen zu müssen. Sie sagt leise:

„Können wir uns nicht setzen?"

„Natürlich. Nehmen wir den Baumstamm. Ich muss unbedingt das Protokoll ausfüllen."

Sie setzen sich auf den Baumstamm. Anja fühlt, dass sie die Situation nicht mehr beherrscht. Sie ist nicht mehr aktiv im Geschehen und es wird ihr erst jetzt voll bewusst, was passiert ist. In ihrem Kopf beginnt sich alles zu drehen. Sie fühlt, dass sie kurz vor der Ohnmacht ist. Die Ärztin fragt besorgt:

„Ist alles in Ordnung mit Ihnen?"

Anja versucht mit aller Kraft, sich aufrecht zu halten und sagt leise:

„Ja, ich denke schon."

„Möchten Sie einen Schluck Wasser?"

„Das wäre gut."

„Ja, warten Sie einen Moment. Ich habe eine Flasche Selters im Auto."

Die Ärztin steht auf, verschließt ihren Koffer und will loslaufen, aber Anja bittet:

„Frau Doktor, sehen sie dort das Haus? Da wohne ich. Können sie mich nicht dorthin begleiten. Ich würde ihre Fragen sehr gern im Liegen beantworten. Außerdem könnten Sie sich dort waschen und in Ordnung bringen. Auf Ihre Schuhe ist auch Blut getropft."

Die Ärztin ist einverstanden, nimmt ihren Koffer in die linke Hand und reicht Anja ihren rechten Arm mit den Worten:

„Nehmen Sie meinen Arm. Sie stehen wohl doch mehr unter Schock als ich dachte. Kann ich sehr gut verstehen bei dem, was Sie mit ansehen mussten."

Beide Frauen gehen die kurze Strecke zum Haus und bleiben auf der Terrasse, da es noch warm ist. Anja hat das Bedürfnis, an der frischen Luft zu bleiben und lässt sich in einen der Korbsessel fallen und bittet die Ärztin:

„Auf dem Tisch dort im Wohnzimmer steht eine Flasche mit Wasser. Gläser stehen auf dem Sidebord. Bringen sie sich bitte auch eins mit."

Frau Dr. Maiwald geht in Richtung Haus. Anja ruft ihr nach:

„Die Toilette und Badezimmer gleich die nächste Tür nach der Küche! Nehmen Sie irgendein Handtuch - egal welches!"

Die Ärztin kommt sofort wieder zurück, füllt ein Glas für Anja und geht zurück zur Toilette.

Es vergehen mindestens fünf Minuten, bis sich die Ärztin einigermaßen vom Blut gesäubert hat und sich Anja gegenüber in den anderen Korbsessel setzt. Anja schenkt ihr ein Glas Wasser ein und füllt ihr eigenes erneut. Sie fühlt sich zumindest besser als noch im Wald.

„Vielen Dank, Frau Doktor. So, nun fragen Sie!"

„Also, Ihr Name ist Frau Anja Richter, wohnhaft Kleinneudorf, Am Rande 23. Das ist also hier?"

Anja nick bejahend.

„Ist dieser Mann mit ihnen bekannt oder verwandt?"

„Nein, weder noch."

„Woher kamen Sie, als Sie den Verletzten bemerkten?"

„Vom Bus."

„Sie sagten soeben, Sie kennen den Verletzten nicht. Das stimmt?"

„Ja."

„Nach den Beschimpfungen, die der Mann gegen Sie losließ, müssen Sie ihm aber bekannt gewesen sein, oder? Haben Sie ihn vorher bereits gesehen?"

„Ja, er fiel uns mehrfach im Bus auf."

„Was heißt: uns?"

„Meine Tochter machte mich auf ihn aufmerksam."

„Kannte Ihre Tochter den Mann?"

„Sie hatte früher einmal Kontakt mit ihm."

„Frau Richter, Ihnen geht es nicht gut. Es ist besser, wir verschieben die Protokollaufnahme auf morgen."

Die Tür zur Terrasse öffnet sich und Anjas Tochter Rebecca schaut erstaunt auf ihre Mutter und die fremde Frau. Rebecca sieht von der Entfernung das, was bisher weder der Ärztin noch Anja aufgefallen ist. Unter dem Stuhl Anjas hat sich eine kleine Lache Blut gebildet und es fallen im Abstand mehrerer Sekunden Blutstropfen herab.

„Was ist los, Mama? Du blutest!"

Das Alarmsignal hat die Ärztin nicht erwartet und lässt sich auf die Knie fallen, um sich das, was ihr bisher verborgen blieb, anzusehen. Sie wittert eine Verletzung, welcher Art auch immer und will Anja helfen, sich auf die Sonnenliege zu legen. Rebecca bittet geistesgegenwärtig um ein paar Sekunden Geduld und holt aus dem Haus ein großes Handtuch, um es auf der Liege auszubreiten.

„Frau Richter, was ist das? Sie sind verletzt! Mussten Sie sich dem Mann gegenüber wehren? War er es?"

Anja liegt und zittert vor Aufregung, denn sie ahnt die Ursache für das Blut. Die Ärztin beginnt, Anja auszuziehen. Rebecca hilft. Das durchblutete Höschen zieht sie herunter und beide schreien laut auf, als ihnen das Teil, das dem Mann im Wald fehlt, entgegenrutscht. So etwas Ekeliges, Furchteinflößendes hat die erfahrene Frau Doktor noch nicht erlebt. Rebecca wird übel bei dem Anblick und lässt sich in den Sessel fallen, in dem gerade ihre Mutter saß.

Die Ärztin weiß im ersten Moment nicht, wie sie reagieren soll, aber sie muss handeln und dieses schlaffe Stück Ekel entfernen und irgendwie verpacken und mit ins Krankenhaus nehmen. Lieber wäre ihr, sie könnte eine Müllschaufel nehmen, um das amputierte Körperteil in der Toilette zu entsorgen.

Neben diesen Gedanken ahnt sie die ganze Wahrheit des Vorfalles. Es muss also zum Kampf zwischen dem Mann und dieser Frau Richter gekommen sein. Aber dazu passt nicht die sauber abgegrenzte Schnittwunde des Mannes, die sie vorhin im Wald versorgt hat.

Sie entnimmt ihrem Arztkoffer Gummihandschuhe, streift sie sich über und befördert das „corpus delicti" in eine sterile Plastetüte und legt das Stückchen Menschenfleisch im Koffer ab.

Rebecca schaut mit entsetztem Blick den Handlungen der Ärztin zu und weiß nicht, ob sich der Inhalt ihres Magens entleeren wird. In ihr kommen Ahnungen auf, die weit über die der Ärztin hinausreichen.

Die Ärztin ist derart ratlos, dass sie kurzerhand Anja rät, sich gründlich zu waschen und auszuruhen. Das Ganze wird ein Nachspiel haben, dessen wird sich Frau Richter hoffentlich bewusst sein.

Frau Dr. Maiwald verabschiedet sich und sagt, dass sie morgen Vormittag wiederkommen wird, um die Protokollaufnahme zu beenden.

Natürlich weiß Anja, dass das Schlimmste zwar überstanden ist, dass aber noch jede Menge Ärger auf sie und auch auf ihre Tochter Rebecca zukommen wird. Auch an Peter, ihren Mann, muss sie denken, der von allem, nicht einmal von der Vorgeschichte, die geringste Ahnung hat. Ob er sie verurteilen oder bewundern wird - beides ist möglich. Hauptsache, er wird ihr beistehen.

Rebecca hilft ihrer Mutter so gut sie kann, wagt aber nicht, Fragen zu stellen. Sie spürt die Schwäche ihrer Mutter, ihre Peinlichkeit und Angst. Rebeccas Devise heißt: abwarten.

Nachdem Anja sich auch vom letzten Tropfen fremden Blutes aus und an ihrem Körper befreit hat und sich in frischer Kleidung auf das Sofa im Wohnzimmer gelegt hat, den Kaffee, den Rebecca bereitet hat, trinkt, wagt die Tochter die Frage:

„Mami, was ist denn mit Dir passiert?"

Anja antwortet nicht. Wie soll sie das erklären? Wo soll sie beginnen?

Rebecca möchte rücksichtsvoll sein und meint, dass man mit Erklärungen warten kann. Sie wird sich immer sicherer, dass der heutige Vorfall höchstwahrscheinlich mit ihrem eigenen Erlebnis vor einem Jahr zu tun haben muss. Noch hat Rebecca keine Ahnung, was ihre Mutter am heutigen Nachmittag erlebt hat. Nichts weiß sie von den Rachegelüsten ihrer Mutter. Nicht im Traume würde ihr einfallen, dass ihre Mutter mit akribischer Feinplanung und erfolgreich diese Rache in die Tat umgesetzt hat. Sie kann sich nur einiges zusammenreimen, ohne zu wissen, was daran Wahrheit ist. So wissensdurstig sie das macht, so rücksichtsvoll wartet sie auf die „Wahrheiten".

Der Abend vergeht im einsamen Haus am Wald. Es wird mehr gedacht als geredet und beide Frauen sehen ängstlich dem kommenden Tag entgegen. Erst spät am Abend fühlt sich Anja in der

Lage, ihrer Tochter in möglichst knappen Sätzen alles zu erzählen. Rebeccas selbst zusammengereimte Erklärungen werden weit übertroffen. Die halbe Nacht wälzt sie sich unruhig vor Aufregung im Bett herum. Ihrer Mutter wäre es ähnlich ergangen, aber die Aufregungen haben sie todmüde gemacht und gut schlafen lassen.

xxx

Krankenhaus Abt. Urologie - Donnerstag 15.40 Uhr.
Sechzehn Minuten nachdem der Mann in den Krankenwagen geschoben wurde, liegt er zur Operation vorbereitet auf dem OP-Tisch. Der Arzt, der ihn versorgt, will vorerst nichts von ihm wissen und sagt nach der Begrüßung lediglich:
„Ich versorge jetzt die Wunde und setzte Ihnen einen Katheder, der Ihnen während der Wundheilung das Wasserlassen schmerzfrei werden lässt. Über alles andere reden wir später."
Der Patient bekommt eine Beruhigungsspritze sowie örtliche Betäubung und spürt nichts von dem, was man mit ihm veranstaltet. Er nimmt verständnislos wahr, wie die beiden OP-Schwestern mehrmals miteinander flüstern. Eine der beiden muss sich ein Kichern unterdrücken. Die Beruhigungsspritze in Verbindung mit der Aufregung und dem Bewusstsein, nie wieder „Mann" sein zu können, versetzen ihn zeitweise in Ohnmacht.
Er wird in ein Zimmer geschoben, in dem ein anderer Patient liegt und Zeitung liest. Das Knittergeräusch dieser Zeitung

weckt ihn auf und er schaut um sich, entdeckt den Mitpatienten und sagt teilnahmslos:

„Moin!"

Man lässt ihn nur wenige Minuten zur Ruhe kommen. Der Arzt, der ihn operiert hat, kommt und bittet den Bettnachbarn, für kurze Zeit das Zimmer zu verlassen. Der ist nicht an das Bett gebunden, steht auf und verlässt bereitwillig das Zimmer in Richtung Cafeteria.

Der Arzt sitzt mit einem Formular auf der Bettkante des Patienten und fängt mit der Befragung an:

„Eigentlich ist das Aufnahmeprotokoll Aufgabe der Oberschwester; aber in Ihrem Fall möchte ich das selbst übernehmen."

„Danke."

„Wie heißen Sie?"

„Harry Tischbein."

„Wohnhaft?"

„Kremsbüttel, Dorfstraße 4."

„Familienstand?"

„Verheiratet."

„Kinder?"

„Zwei - nein drei."

Er ist der Meinung, einen Witz zur Auflockerung des Gespräches machen zu müssen und ergänzt:

„Von weiteren weiß ich nichts."

Die dumme Bemerkung wird vom Arzt überhört.

„Was machen Sie beruflich?"

„Versicherungsagent."

„O.K. Wie fühlen Sie sich? Haben Sie Schmerzen?"

„Es geht."

„Ich hoffe, Sie haben Ihre Versicherungskarte bei sich!"

„Ja, sehen Sie bitte in meiner Aktentasche selbst nach. Sie steckt in der Brietasche im obersten Fach."

„Ja, Danke.

Herr Tischbein, nun zu Ihrer Verwundung! Die OP haben Sie scheinbar gut überstanden. Sie sind ja übel zugerichtet."

Diese Bemerkung holt den Patienten zurück in seine verzwickte Situation und die Wut kommt zurück.

„Diese verdammte Sau!"

Bitte erklären Sie das genauer. Wie kam es zu der Verletzung?"

„Diese Wahnsinnige ...!"

Der Arzt kann sich mit derartigen Äußerungen nicht zufriedengeben und verlangt eindeutige Angaben zum Hergang.

Herr Tischbein schweigt, überlegt und kommt zum Schluss:

„Ich möchte erst Angaben machen, wenn ich meinen Anwalt konsultiert habe."

„Na gut - das ist Ihr Recht."

Er macht sich entsprechende Notizen und verabschiedet sich mit den Worten:

„Sollten Sie Schmerzen bekommen, klingeln Sie der Schwester."

xxx

Krankenhaus Abt. Urologie - Donnerstag 16.30 Uhr.

Herr Tischbein klingelt der Schwester und bittet sie, das Anwaltsbüro, dessen Türschild er in der Nähe des Marktplatzes sah, anzurufen und zu bitten, dass dieser Anwalt so schnell es nur geht, zu ihm ins Krankenhaus kommen möchte. Es ist sehr dringend.

Es dauert nicht lange, eine Viertelstunde vielleicht, und der Anwalt klopft an die Tür des Krankenzimmers.

Herr Tischbein schildert ihm die Szene aus seiner Sicht. Dabei sagt er nicht unbedingt Unwahrheiten, aber mit vielen Weglassungen und Beschönigungen verfälscht er das Geschehen im Wald so, dass man ihm nichts zur Last legen kann. Seine Formulierung geht in die Richtung, dass eine sadistisch veranlagte Geisteskranke ihn, Herrn Tischbein im Bus derart animiert hat, ihr zu folgen, Sexbedürfnis vortäuschte, um ihre Wahnsinnstat an ihm zu zelebrieren.

Wer weiß, wie viele derartige Opfer bereits herumlaufen. Der Anwalt hat daraufhin die Anzeige wegen vorsätzlicher Körperverletzung formuliert, Herrn Tischbein unterschreiben lassen und sie in der Polizeistation abgegeben.

xxx

Wohnhaus Fam. Richter - Freitag 8.40 Uhr.

Rebecca ist nicht zur Schule gefahren. Sie möchte Zeugin bei dem sein, was im Laufe des Tages passieren wird. Zwischen den beiden Frauen schwebt ein eigentümliches Schweigen. Jede hätte viel zu sagen, aber keine weiß, wo sie beginnen soll. In diesem Schweigezustand sitzen sie am Frühstückstisch und kauen mit trockenem Mund ihre Brötchen. Das Telefon klingelt. Die Ärztin, Frau Dr. Maiwald, möchte in etwa zwanzig Minuten zum Hausbesuch kommen.

Pünktlich klingelt es an der Haustür. Rebecca öffnet und bittet, bei der Unterhaltung anwesend sein zu dürfen. Sie hatte schon während der Wartezeit frischen Kaffee bereitet und drei Tassen auf den Tisch in der Veranda gestellt.

„Frau Richter, ich möchte schon Klarheit von dem haben, was gestern passiert ist. Bitte erzählen Sie!"

Nun hat Anja das Wort und weiß nicht, wie und wo sie beginnen soll. Sie hat sich seit gestern kaum mit anderen Gedanken beschäftigt und kam zum Schluss, dass ihre Rache an diesem Kerl nicht besser hätte aufgehen können, dass aber das Ganze damit nicht beendet ist. Im Gegenteil - sie wird mit polizeilichen Ermittlungen konfrontiert werden. Sie wird sich einen Anwalt nehmen müssen. Man wird sie bestimmt der vorsätzlichen Körperverletzung anklagen.

Alles schon fast Vergessene belastet sie erneut.

Rebecca wird erneut aussagen müssen, Ihr Mann, der von allem, was damals vorgefallen ist, nichts weiß, wird mit in die Sache hereingezogen. Nach dem unaufhörlichen Grübeln kamen ihr schon Zweifel, ob ihre Rachegelüste gerechtfertigt waren. Sie will die Ärztin nur soweit aufklären, wie es für ihre Protokollführung notwendig ist.

„Frau Dr. Maiwald, ich möchte Sie nicht unnötig mit der ganzen Vorgeschichte belasten. Ich weiß, dass ich mich der vorsätzlichen Körperverletzung schuldig gemacht habe. Aber ich versichere Ihnen, dass es aus reiner Rache geschehen ist, weil damals die polizeilichen Ermittlungen buchstäblich im Sande verlaufen sind.

Dieser Mann hat vor einem Jahr zum Glück erfolglos versucht, Rebecca brutal zu vergewaltigen. Der Zufall wollte es, dass vor etwa einem Vierteljahr dieser Mensch im gleichen Bus saß, in dem wir, meine Tochter und ich nach Hause fuhren, und sie ihn wiedererkannte. Ab diesem Moment beschäftigten mich nur noch Rachegedanken.

Auch wenn es noch so abscheulich anmutet - aber ich spüre tiefste Befriedigung in meinem Erfolg. Dieser Kerl wird nie wieder eine Frau berühren!"

Die Ärztin hat Anja ausreden lassen, ohne sie zu unterbrechen. Die Aussage reicht ihr, auch wenn sie sehr gern Näheres über die, wie sich der Operateur ihr gegenüber ausdrückte, „fachgerechte Amputation" erfahren würde. Anja ergänzt:

„Ich werde noch heute unseren Anwalt kontaktieren und mit ihm bereden, in welcher Form ich mich bei der Polizei mit einer Selbstanklage stellen muss."

Frau Dr Maiwald betrachtet das Gespräch als befriedigend und verabschiedet sich:

„Auch wenn ich die detaillierten Hintergründe nicht erfahre, so kann ich Ihre Empfindungen nachvollziehen. Für eine Beurteilung fehlen mir die Fakten, aber damit werden sich andere Leute ausführlich beschäftigen. Sie werden aufregende Zeiten vor sich haben - Sie und Ihre Familie!"

Sie leert ihre Kaffeetasse und entfernt sich.

Anja ist mit der Tochter allein und das Gespräch mit der Ärztin hat alle Hemmungen aufgehoben. Jetzt kann offen geredet werden.

„Was hast Du getan, Mami?"

„Ja!"

„In welche Gefahr hast Du Dich gebracht! Wie leicht hätte es schief gehen können. Der Mann ist gefährlich. Ich denke mit Entsetzen daran, wie er mich auf den Waldboden gedrückt hat. Eine keuchende Bestie lag über mir."

„Ja, Rebecca. Das habe ich gestern ähnlich erlebt. Aber ich wollte das so!"

„Wie konntest Du das nur so minutiös planen?"

„Als Du mir den Mann im Bus gezeigt hast, war dieser Plan urplötzlich in mir. Ich brauchte ihn nur umzusetzen und hoffen, dass wir uns im Bus mehrfach wiedertreffen und er auf mich hereinfällt. Diesem Zufall ist es zu danken, dass der Kerl nun entmannt ist."

„Aber ekelig ist es doch - oder?"

„Ja, Rebecca, ob ich dieses abscheuliche Gefühl jemals aus dem Gedächtnis bekommen kann? Ich sehe ständig Deinen Blick, mit dem Du aus dem Haus kamst und das Blut unter mir sahst. Einfach furchtbar war das! Dieser Moment war schlimmer als der Anblick des schreienden Mannes und seines Blutes.

Dieses gleiche Blut tropfte aus mir."

Rebecca fragt, ob sie die Schlinge, dieses sadistische Werkzeug, sehen kann. Anja führt ihre Tochter in den Keller und zeigt ihr das Gerät, das sie gestern noch gesäubert hat. Sie wunderte sich, dass an der Drahtschlinge und den Bowdenzügen so gut wie kein Blut zu sehen war.

Die Gespräche werden den ganzen Tag über fortgeführt und beide sehen das als gute Grundlage für alles, was auf sie zukommen wird. Sie haben sich freigeredet und ihre Meinungen und Stellungen zu allem, was war, was auf sie zukommen wird, ist in klare Positionen geformt und Anja kann nun getrost den Anwalt, der sie damals bei der versuchten Vergewaltigung Rebeccas beraten hat, anrufen.

Anja erklärt dem Anwalt am Telefon die Sachlage und bekommt den Rat, morgen auf der Polizeistation eine Aussage zu machen und diese als Selbstanzeige zu deklarieren.

Wohnhaus Fam. Richter - Freitag 11.00 Uhr.

Nach dem Gespräch mit Frau Dr. Maiwald fühlen sich Frau Richter und Rebecca wie erlöst. Alles ging glatt. Anja hat keinerlei Vorwürfe bzw. Anschuldigungen aus den Bemerkungen der Ärztin herausgehört. Eher das Gegenteil, dass man ihr geheime Bewunderung zollt.

Rebecca wechselt das Thema, indem sie ihre Mutter fragt, wie sie beide das Vorgefallene Rebeccas Vater beibringen wollen. Schließlich ist das ganze Drama um Rebeccas versuchte Vergewaltigung vor einem Jahr an ihm vorbeigegangen. Anja hatte mit dem Einverständnis der Tochter den Polizisten gebeten, Peter Richter nicht zu informieren oder zu einer Vernehmung zu bitten. Man hatte das eingesehen und auch nicht für notwendig erachtet, den Vater Rebeccas psychisch zu belasten.

Aber in der jetzigen Situation ist das anders. Jetzt werden Ermittlungen losgetreten, jetzt wird das persönliche Umfeld aller Beteiligten beleuchtet. Der Vater kann dabei nicht ausgeschaltet werden.

Anja schweigt eine Weile und spricht das aus, was sie am meisten belastet:

„Wie wird Peter reagieren, wenn er erfährt, dass ein fremder Mann in mir war. Und dann das Blut dieses Fremden, das ebenfalls in mir war. Beide werden wir das bei jeder körperlichen Berührung vor Augen haben. Werden wir unser Eheleben so weiterführen können wie bisher? Wird da nicht immer dieses Etwas anwesend sein und uns stören?"

„Ach, Mama! Bestimmt wird das in der ersten Zeit eine Rolle spielen, aber über kurz oder lang wird sich das geben. Ihr liebt euch doch, und das ist und bleibt die Hauptsache."

Damit ist das Thema für Anja keineswegs erledigt. Im Gegenteil, sie beginnt, sich mehr und mehr Gedanken zu machen. Den ganzen Tag über denkt sie nur an ihren Mann und malt sich die übelsten Geschichten aus.

Am Abend sagt sie zu Rebecca:

„Ich versuche gerade, mir vorzustellen, ob es nicht besser wäre, Du würdest versuchen, das Alles mit Papa zu bereden - zumindest solltest Du ihn vorbereiten. Ich glaube Du könntest das besser."

Am Sonntag, also übermorgen wird bereits Peter Richter wieder zu Hause sein und bis dahin müssen die beiden Frauen ihr Konzept fertig haben.

xxx

Polizeistation - Freitag 11.00 Uhr.

Anja hat Rebecca gebeten, sie zu begleiten. Sie wird deshalb die heutigen Unterrichtsstunden ausfallen lassen.

Es gelingt Anja, mit dem Polizisten Maike Baumann zu sprechen, der damals den Fall „Rebecca" bearbeitete und über ihre Person und die familiären Umstände weitestgehend informiert ist.

Als Anja beginnt, von dem gestrigen Drama zu berichten, unterbricht der Polizist:

„Moment mal!"

Er geht ins Nebenzimmer und kommt mit einem Kollegen zurück, der Anja fragt:

„Sind Sie Frau Anja Richter?"

Sie bejaht sofort und bekommt zur Antwort:

„Bei mir ist vor einer Stunde eine Anzeige wegen schwerer Körperverletzung gegen Sie eingegangen. Kommen Sie aus dem gleichen Anlass?"

„Ja, natürlich."

„Entschuldigen Sie. Ich bin Hauptkommissar Bernd Ludwig. Ich muss Sie bitten, ausführlich zu schildern, was gestern passiert ist und vor allem, wie Sie auf diese grässliche Idee kamen. In der Anzeige des Herrn Tischbein fehlen zu Ihren möglichen Motiven konkrete Angaben. Er wirft Ihnen puren Sadismus vor."

Anja antwortet promt:

„Lachhaft, das zu hören. Aber recht hat er insofern, dass er meine Gründe nicht erraten kann. Wenn er etwas Verstand oder Erinnerungsvermögen hätte, könnte er sich meinen „Sadismus" erklären."

Herr Baumann antwortet:

„Ja, mir geht ein Licht auf. Ihre Tochter wurde doch vor fast genau einem Jahr Opfer eines Vergewaltigungsversuches. Handelt es sich bei dem gestrigen Vorfall tatsächlich um den gleichen Täter?"

„Ja, mit absoluter Sicherheit!", antwortet Rebecca.

Anja ist froh, dass nicht viel erklärt werden musste und die Informationen wie von selbst laufen. Maike Baumann greift in ein Aktenregal und legt die Akte mit den Worten:

„Ordnung ist das halbe Leben!" auf den Tisch und beginnt, darin zu blättern. Anja knüpft mit ihrem Bericht an diesen damaligen Vergewaltigungsversuch an.

Herr Baumann erinnert sich:

„Leider musste damals der Fall zu den Akten gelegt werden, da es so gut wie keine verwertbaren Hinweise zur Person des Täters gab und es dank Rebeccas Kraftanstrengung dem Täter nicht gelang, zur Ausführung seines Planes zu kommen."

Anja erzählt, wie vor etwa drei Monaten dieser Mann wieder in dem Bus saß und Rebecca ihn erkannte. An dieser Stelle unterbricht Rebecca erstmals ihre Mutter:

„Ich habe damals berichtet, dass es mir gelang, den Kerl, der bereits über mir lag und mir die Kleider vom Leib reißen wollte, mit einem trockenen Holzstück am Kopf, im Augenbereich, derart zu verletzen, dass er vor Schmerz aufschrie und davonrannte. Ich erinnere mich noch, wie er im Laufen seine Hose hochzog."

Herr Maiwald sucht in der Akte nach einer diesbezüglichen Angabe und findet den Satz und liest vor:

„Meine rechte Hand hatte plötzlich ein Stück Holz, das auf dem Waldboden lag, in der Hand. Damit schlug ich dem Mann ziellos ins Gesicht. Er schrie auf und floh."

Hauptkommissar Ludwig bemerkt dazu:

„Das müsste überprüft werde, ob noch Verletzungsnarben sichtbar sind, wenn ja, würde das die Beweisaufnahme sehr erleichtern."

Anja berichtet weiter darüber, wie sie mehrfach, nachdem Rebecca ihr den Mann im Bus gezeigt hat, diese Buslinie genommen hat. Sie hat ihn nicht täglich gesehen, aber in Abständen von drei Wochen fuhr dieser Mann immer an einem Donnerstag die Strecke in Richtung Diesleben. Es sind noch vier Stationen bis Diesleben-Marktplatz von der Haltestelle Habichtswiese.

„Ich kann nicht sagen an welcher Station er immer aussteigt oder wo er einsteigt.

Gestern waren die drei Wochen wieder vergangen, seitdem ich ihn das letzte Mal sah, so dass er mit großer Wahrscheinlichkeit im Bus sitzen musste. Und so war es ja auch."

Herr Ludwig stellt die Frage:

„Wie haben Sie es angestellt, dass Herr Tischbein ausgerechnet Sie, Frau Anja Richter als potentielles Opfer verfolgt, um Sie zu vergewaltigen. Ausgerechnet an diesem Tage, an dem Sie sich konkret vorbereitet haben, Opfer zu werden?"

„Nein, da konnte ich nicht sicher sein. Ich habe versucht, meiner Tochter ähnlich zu sein, denn ich weiß, dass Männer mit derartigen krankhaften Neigungen immer auf die gleichen Frauentypen fixiert sind. Ich habe meine Haare im gleichen Farbton färben lassen und auch die Frisur so getragen wie sie Rebecca damals trug."

Nach einer kurzen Pause ergänzt sie:

„Aber Sie können ja selbst sehen, wie sehr meine Tochter nach mir geraten ist.

In diesem Outfit habe ich zweimal in den letzten sechs Wochen im Bus in seiner Nähe gesessen. Die Fahrplanzeiten könnte ich Ihnen sogar noch sagen."

„Haben Sie sich ihm gegenüber auffällig benommen?"

„Nein, in keiner Weise provokativ, wenn Sie das meinen. Allerdings setzte ich mich immer so, dass er mich im Blickfeld hatte. Es gab schon drei Wochen zuvor mehrere Male kurze Blickkontakte. Aber ich gebe zu, dass ich gestern einige hundert Meter vor Erreichen der Haltestelle mehrere Mal zu ihm geblickt habe. Ich hatte den Eindruck, dass er mich wesentlich öfter im Visier hatte, denn immer, wenn ich zu ihm blickte, waren seine Augen bereits auf mich gerichtet."

Maike Baumann bittet um etwas Geduld, um sich die bisherigen Aussagen in Stichpunkten notieren zu können, bis Frau Richter weiterberichten kann.

„Ich stieg aus dem Bus und als ich nach den wenigen Metern in den Waldweg zu unserem Haus einbog und mich nach meinem Schuh bückte, konnte ich ihn hinter mir bemerken. Ich lief ganz normal weiter, bis ich am Rascheln seiner Schritte merkte, dass er vielleicht noch fünf bis zehn Meter hinter mir war. Jetzt drehte ich mich richtig um. Er sah mich an und begann schneller zu laufen. Ich floh vor ihm in den Wald. Er war sehr dicht hinter mir. Ich stolperte und fiel auf den weichen Waldboden. Er war sofort bei mir und warf mich auf den Rücken. Nun ging alles nach Plan. Er kniete auf meinen Beckenknochen. Das schmerzte sehr, denn er wiegt bestimmt doppelt so viel wie ich. Er zog seine Hose herunter, riss an meinem Rock und zog meinen Schlüpfer nach unten. Ich hörte wie Stoff zerriss. Ich wehrte mich natürlich, aber nur soweit, dass es nicht zu Bewegungen kam, die meine Kastrationsmechanik gefährden könnte. Vor allem musste diese unsichtbar bleiben. Er fasste meine Arme, drückte sie auf den Boden und war sofort in mir. So ekelig mir zumute war, drückte ich mich ihm entgegen. Ich war mit meinem Plan fast am Ziel. Jetzt wollte ich „Ganze Arbeit" leisten. Ich spürte sein Glied tief in mir und bevor er zu einer Bewegung startete, drückte ich meine Zunge mit aller Kraft an die Innenseite meines Oberkiefers und schaltete damit über Funksteuerung den Motor ein. Ich spürte im Rücken, wie der Motor anlief. Es verging die Zeit der 1,3 Sekunden, die ich zu Hause gemessen hatte und es folgte ein Moment der absoluten Stille, der mir wie eine komprimierte Ewigkeit erschien. Dann begriff er, dass etwas geschehen war. Er schnellte empor und der Schmerz muss wohl unermesslich gewesen sein. Er kniete plötzlich neben mir, hielt sich die offene Wunde und stieß einen fürchterlichen Schrei aus. Gleichzeitig stieß ich ihn mit aller Kraft nach hinten und er landete im Gebüsch.

Ich nutzte die Zeit, um aus seiner Reichweite zu fliehen, denn wissen konnte ich nicht, wozu ein Mann in dieser Situation noch in der Lage ist. Aber er war nur mit sich selbst beschäftigt, hielt sich krampfhaft beide Hände vor sein „Ehemaliges" und schrie und fluchte bestialisch. Ich war schnell in sicherer Entfernung und verspürte keine Angst, dass er mich angreifen könnte. Ich nahm mein Handy und informierte die 112. Alles weitere ist bekannt und kann von den Sanitätern und der Ärztin bezeugt werden."

Rebecca saß während des Berichtes ihrer Mutter still neben ihr. Als sie von dem eigentlichen Vorgang berichtete, legte sie ihre Hand auf die der Mutter und flüsterte ihr zu, wie sehr sie ihre Mutter bewundert.

Die beiden Beamten machen einen sprachlosen Eindruck. Dieser Fall hat Chancen, einmalig zu sein. Sie bitten nochmals um ein wenig Geduld, um das Protokoll zu vervollständigen.

Rebecca fragt:

„Wie wird das jetzt weitergehen?"

Herr Ludwig antwortet:

„Der Fall „Tischbein" wird eine neue Akte anfüllen. Ihre Akte, Frau Rebecca Richter wird selbstverständlich neu aufgerollt. Sie beide werden noch einige Male als Zeugen befragt werden und es wird zu einer Verurteilung wegen mehrfacher versuchter Vergewaltigung kommen. Ich kann nicht ausschließen, dass noch andere zu den Akten gelegte und nicht geklärte

Vergewaltigungsfälle ebenfalls neu angesehen werden müssen, sollten Parallelen zu Harry Tischbein erkennbar werden.

Auf Sie, Frau Anja Richter, wird ein Verfahren wegen vorsätzlicher Körperverletzung zukommen. Vermutlich werden beide Verfahren synchron verhandelt. Bei Ihnen glaube ich höchstens an eine von Augenzwinkern begleitete formelle Verurteilung auf Bewährung."

Maik Baumann hat das Protokoll entwurfsweise auf den aktuellen Stand gebracht und möchte es gern vorlesen, wird aber von seinem Chef daran gehindert, da für ihn noch eine Frage offen ist. Er fragt Anja:

„Von Frau Dr. Maiwald weiß ich, dass sie das sogenannte „corpus delicti" in Ihrem Haus sichergestellt hat. Das war recht ekelig. Aber wozu noch keinerlei Aussage gemacht wurde, ist die Apparatur, die Sie, wie sie sagten, selbst gebaut haben.

Anja beginnt, zu erklären:

„An der Technik habe ich mehrere Wochen gebaut. Diese Apparatur war noch an mir, als meine Tochter bemerkte, dass ich blute und sie war auch noch an mir, als Frau Dr Maiwald mich untersuchte und sie das „corpus delicti" an sich nahm. Ich bewundere mich selbst, wie gut ich meine Erfindung an meinem Körper verstecken konnte. Inzwischen liegt die Apparatur auf dem Arbeitstisch in meinem Keller. Ich stelle sie Ihnen gern zur Verfügung, denn ich glaube kaum, dass ich sie jemals wiederverwenden werde."

An dieser Stelle wird auf jedem anwesenden Gesicht nicht zu unterdrückendes Grinsen sichtbar.

Anja wird gebeten, den Apparat so schnell wie möglich auf die Polizeistation zu bringen. Damit sind, wie sich der Hauptkommissar ausdrückt, alle Klarheiten beseitigt und man kann auf das

Ergebnis der weiteren Ermittlungen warten. Apropo warten. Die beiden Frauen werden gebeten, noch eine Viertelstunde in der Kantine der Polizeistation zu warten, bis das Protokoll unterschriftsreif vorliegt.

Mutter und Tochter verabschieden sich vorerst und wollen bei einer Tasse Kaffee gern die Wartezeit verbringen. Rebecca hat völlig vergessen, dass sie eigentlich schon längst in der Schule sein wollte, aber sie wird bestimmt ebenfalls unterschreiben müssen und bleibt.

xxx

Krankenhaus Abt. Urologie - Freitag 14.00 Uhr.

Nachdem die beiden Frauen nach dem Unterschreiben des Protokolls die Polizeistation verlassen haben, machen sich die Kriminalbeamten auf den Weg ins Krankenhaus zu Harry Tischbein.

Der hat nach der Begrüßung und Vorstellung erst einmal nur die Idee, ohne seinen Anwalt sich nicht äußern zu wollen. Doch sehr schnell muss er feststellen, dass er dem Anwalt ja nur die halbe Wahrheit berichtet hat und versucht vorerst mit Wutausbrüchen und Konfrontation Zeit zu gewinnen.

„Bringen Sie das Weib hinter Gitter! Diese Sadistin! Unverzüglich muss die aus dem Verkehr gezogen werden oder Sie sind mitverantwortlich, wenn dieses Weib nochmals zuschlägt!"

„Herr Tischbein, bitte mal in aller Ruhe! Erzählen Sie, was passiert ist. Mit Frau Richter und ihren Motiven beschäftigen wir uns separat.

Also, wie kamen Sie zu der Stelle im Wald, wo der Unfall geschah?"

Herr Tischbein donnert los:

„Wieso Unfall? Das war brutaler Vorsatz!"

„Noch einmal, wir sind nicht an Ihren emotionalen Ausbrüchen interessiert, sondern an Tatsachen! Also bitte!"

Herr Tischbein will weiter verzögern, am liebsten abbrechen und versucht es auf andere Weise. Er fasst sich an den Bereich seiner Wunde und schreit auf vor Schmerz und droht, in Ohnmacht zu fallen, lallt aber noch:

„Holen Sie einen Arzt. Mir wird kotzübel."

Maike Baumann klingelt und eine Krankenschwester ist sehr schnell im Zimmer, sieht den Patienten und sagt:

„Da muss ich den behandelnden Arzt rufen."

Herr Tischbein ist wieder munterer geworden und keift die Schwester mit wehleidigem Unterton an:

„Dann rufen Sie, aber fix. Ich halte das nicht mehr aus!"

Der Beamte sagt:

Herr Tischbein, wir warten draußen, bis wir Ihnen die nötigen Fragen stellen können."

„Oh, ... tut das weh!"

Der Arzt kommt, aber nicht der behandelnde Arzt, sondern ein anderer, der noch nicht mit dem Fall Tischbein konfrontiert wurde, außer rein informativ in der letzten Arztbesprechung.

„Na, wo fehlts denn?"

„Da fragen Sie noch? Ich halte die Schmerzen nicht mehr aus. Tun Sie was, Herr Doktor! Mein Leben lang habe ich meine Versicherungsbeiträge gezahlt. Muss ich dann so etwas aushalten?"

„Das tut mir zwar sehr leid, aber Wunder kann ich auch nicht herbeizaubern und bei Ihrer Verletzung dauert es schon eine Weile, bis alles verheilt ist."

„Machen Sie was, Doktor, das brennt wie Feuer."

„Gut. Schwester noch einmal das Gleiche wie nach der OP."

„Na endlich!"

„Herr Tischbein, Sie werden nicht umhinkönnen, sich in Geduld zu üben. Ich kann Ihnen nicht täglich mehr als zwei Dosen dieser Stärke verabreichen. Sie müssen schon ein wenig tapfer sein. Kann ich die beiden von der Kripo wieder hereinrufen?"

„Ja, Sie sollen sogar. Denen werde ich jetzt was erzählen, damit die endlich begreifen, was die Verrückte mir angetan hat!"

Die Beamten sind wieder im Zimmer und stehen vor dem Bett.

„So, können wir jetzt reden?"

Aber Herr Tischbein glaubt, schlauer zu sein als alle Kriminalbeamten zusammen. Er gähnt und lässt seinen erhobenen Arm matt auf das Bett fallen.

„Die haben mir ein Beruhigungsmittel gegeben. Ich glaube, dass wirkt bereits. Ich werde nicht viel sagen können. Ich schlafe ein."

Er verdreht die Augen, schließt sie und verharrt in Schlafstellung, bis er merkt, dass die Beamten die Tür von außen geschlossen haben. Den Beamten bleibt nichts weiter übrig, als für heute aufzugeben.

xxx

Krankenhaus Abt. Urologie - Sonnabend 9.00 Uhr.

Am nächsten Morgen sind die Herren Ludwig und Baumann wieder bei Harry Tischbein und fahren eine andere Strategie:

„Herr Tischbein, wie wir sehen, sind Sie heute putzmunter. Wir haben inzwischen mit den Damen Richter geredet und deren Aussagen passen mit Ihren nicht recht zusammen. Aber erst einmal etwas ganz anderes. Sie haben am Kopf eine recht große Narbe. Wie ist das passiert?"

Herr Tischbein schaut die Beamten verständnislos an und fragt zurück:

„Was hat die Narbe mit der Verrückten zu tun?"

„Die Fragen stellen wir und Sie haben zu antworten!"

„Vor einem Jahr bin ich im Wald beim Pilze suchen gegen einen Ast gelaufen und habe mir die Augenbraue aufgerissen."

„Wann war das? Etwas genauer, bitte!"

„Das muss im September gewesen sein. Anfang September. Aber wieso interessiert Sie das?"

„Es fiel uns auf. Nichts weiter. Hat man Ihnen schon gesagt, wann Sie das Krankenhaus verlassen können?"

„Nicht vor zwei Wochen. Die Wunde muss verheilen. Noch habe ich starke Schmerzen. Haben Sie die Verrückte endlich verhaftet?"

„Das müssen Sie schon uns überlassen, wer wann verhaftet wird! Aber noch etwas. Wir benötigen Ihren Personalausweis. Haben Sie den bei sich?"

„Ja, in meiner Aktentasche. Die steht im Schrank mit dem blauen Punkt. Der blaue Punkt bin ich in diesem Zimmer."

Herr Baumann reicht dem sich im Bett Aufrichtenden die Tasche. Herr Tischbein öffnet sie etwas ungeschickt und es fallen zwei liebevoll in Geschenkpapier verpackte Päckchen heraus, die er versucht, von den Beamten möglichst ungesehen in die Tasche zurückzuschieben. Aus der Brieftasche zieht er den Personalausweis heraus und reicht sie Herrn Baumann.

Die beiden Beamten sehen sich fragend an, nicken sich zu und Herr Baumann sagt:

„Ihre Tasche werden wir zur Beweisaufnahme an uns nehmen. In den nächsten Tagen werden wir sie zurückbringen."

Herr Tischbein protestiert lauthals:

„Wer ist denn hier der Angeklagte und wer das Opfer?! Sehen Sie lieber zu, dass diese Wahnsinnige hinter Gitter kommt!"

Er bekommt zur Antwort:

„Sie können das gern mit Ihrem Anwalt bereden und meinetwegen auch Schritte gegen uns einleiten. Ihre Tasche geht trotzdem mit uns!"

Damit verabschieden sich die beiden Beamten.

xxx

Wohnhaus Fam. Richter - Sonnabend 10.30 Uhr.

Am späten Vormittag sitzen die Herren Baumann und Ludwig bei Frau Richter auf der Terrasse und warten auf Rebecca, die auf dem Weg von einer schulischen Veranstaltung nach Hause ist. Auf Anfrage von Herrn Ludwig ist Anja bereit, die beiden Beamten in ihren Keller zu führen, um ihnen den „Apparat" zu zeigen.

Auf dem Tisch liegt ein breiter Gürtel mit Silikonüberzug. Anja erklärt:

„Auf der einen Seite, die Seite, die auf meinem Rücken lag, sehen Sie diese breite Verdickung. In dieser Verdickung ist der Motor, die Batterie und ein kleines Getriebe sowie der Empfänger der Funkfernsteuerung eingegossen. An der Vorderseite sehen Sie zwei kleine Öffnungen, aus denen die Bowdenzüge, aber mit sehr kleinem Durchmesser, herauskommen. Für die Seele dieser Bowdenzüge habe ich extradünne Stahldrahtseile besorgt. Die Beschaffung dieses superdünnen Seiles war das Schwierigste von allem. Außerhalb der Bowdenzüge bilden die Stahlseile eine Schlinge. Beginnt der Motor zu laufen, wird das Seil auf einer Welle aufgewickelt. Die Schlinge wird immer kleiner und was das zur Folge hat, ist Ihnen ja bekannt. Den Sender, der den Einschalter für den Motor betätigt, hatte ich im Mund an der Innenseite des Oberkiefers angeklebt. Der Kontakt wird durch festen Druck mit der Zunge ausgelöst.“

Herr Baumann fragt:

„Können Sie das mal vorführen. Das ist ja spannend.“

Anja geht zu dem kleinen Kühlschrank, der in ihrer Werkstatt steht, nimmt eine recht dicke Knackwurst heraus und legt sie in die Schlinge. Sie reicht die Funksteuerung Herrn Baumann und fordert ihn auf, die glatte Fläche mit leichtem Druck zu berühren.

Sie ruft:

„Jetzt aufpassen, meine Herren!“

Man hört einen Moment lang den Motor und die beiden Teile der durchtrennten Knackwurst purzeln über die Tischplatte.

Die beiden wissen nicht, ob sie lachen oder entsetzt sein sollen.

Herr Ludwig fasst sich instinktiv zwischen die Beine und stöhnt:

„O, ist das entsetzlich!“

Der andere bemerkt nur:

„Aber verdammt gut!"

Anja fragt, ob sie das Spielzeug mit auf ihr Revier nehmen wollen. Sie sollte es doch sowieso zur Verfügung stellen. Herr Baumann macht eine zustimmende Geste und sagt, während Anja die beiden Teile in einen Karton legt:

„Wenn das nicht so grausam wäre, sollte man diese Idee zum Patent anmelden."

Die Drei gehen wieder zur Terrasse. Rebecca ist bereits gekommen und beantwortet die Frage der Beamten.

Ja, die Stelle, an der sie im letzten September Herr Tischbein zu Boden geworfen hat, dürfte sie wiederfinden, aber das Holzstück hat sie damals fallen lassen. Das wiederzufinden, dürfte schwer werden. Sie weiß zwar, dass es kein glattes Stück war, sondern verschiedene kleinere Äste herausragten. An einem hat sie sich selbst gestochen. Wie lang das Holz gewesen ist? Vielleicht dreißig oder auch vierzig Zentimeter.

Rebecca ist einverstanden, mit den beiden Herren auf Suche zu gehen. Anja schließt sich an und unterwegs erklärt Herr Baumann, wie wichtig es werden könnte, wenn man an diesem Stück Holz Blut- oder DNA-Spuren von Herrn Tischbein finden könnte. Das würde die Beweisführung für dessen Belastung ungemein vereinfachen. An der Waldstelle angekommen, beginnt das große Suchen und im Ergebnis packen die Polizisten vier Aststücke ein, die in Frage kommen könnten.

Wieder zu Hause sitzen Mutter und Tochter im Wohnzimmer und wälzen schon wieder das Thema, wie Peter reagieren wird, denn morgen wird er nach Hause kommen. Sie sind selbst erstaunt, dass sie diese Frage derart in den Vordergrund stellen und sich so schwertun, dabei ist Peter doch sehr tolerant und dürfte alles sehr gut verstehen. Den halben Abend verbringen sie mit den Diskussionen.

Das Telefon klingelt und Peter ist am anderen Ende. Rebecca nimmt das Telefon und freut sich, dass Papa morgen wie immer pünktlich zu Hause sein wird. Peter erklärt nochmals, weshalb er erst am Sonntag kommen kann, dafür aber erst am Dienstag wieder fahren muss.

„Du, Papa, hier ist in den letzten Tagen einiges geschehen, das wir Dir sehr ausführlich berichten müssen. Nein, am Telefon macht sich das nicht gut, aber morgen nach dem Mittagessen bei Kaffee oder einem Glas Wein wäre das schon besser. Nein, es ist nicht Schwerwiegendes. Ich würde es zusammenfassen unter Tragikomödie. Lass Dich einfach überraschen und lass uns in Ruhe erzählen. Ich hoffe, dass Du Mama bewundern wirst."

Alle weiteren Fragen blockt sie ab und ihre Mutter verleugnet sie, da sie angeblich im Garten Wäsche abhängt und sich beeilen muss, weil es gleich anfangen wird zu regnen.

Anja hat mitgehört und lobt:

„Die Vorbereitung hast Du ausgezeichnet gemacht. Sehr geschickt! Nun wird er ungeduldig fragen und wir müssen nicht von Null anfangen. Schade, dass der Apparat jetzt bei der Polizei ist. Das würde Peter bestimmt interessieren."

xxx

Wohnhaus Fam. Richter - Sonntag 8.45 Uhr.

Am Morgen des Sonntags klingelt wieder das Telefon und Hauptkommissar Bernd Ludwig berichtet erfreut, dass eines der vier Holzstücke, ausgerechnet das, was sie eigentlich gar nicht mitnehmen wollten, ein Volltreffer ist. Das Labor konnte gestern am Abend mit absoluter Sicherheit bestätigen, dass mit diesem Stück Rebecca die Wunde an Herrn Tischbeins Augenbraue herbeigeführt hat. Am Montag wird der Tischbein Farbe bekennen dürfen. Der wird an keinen Schmerz zwischen den Beinen mehr denken können, wenn er den Haftbefehl sieht.

Er bedankt sich vielmals für Rebeccas Mithilfe - natürlich auch für die Frau Richters.

Diese Nachricht wird das Gespräch mit Papa und Ehemann erleichtern, denn für sie, Familie Richter, dürfte alles Weitere in positive Richtungen gehen.

Anja und Rebecca bereiten sich auf das Mittagessen vor, holen Blumen aus dem Garten und eine der besten Flaschen Wein aus dem Keller. Der Tisch wird mit Kerzen geschmückt. Es ist wie Geburtstag.

xxx

Polizeistation - Sonntag 9.30 Uhr.

Gleich nachdem die Nachricht vom Labor kam, dass das Holzstück den Beweis für den Vorfall vor einem Jahr liefert, hat Herr Ludwig den Auftrag an einen seiner Kollegen erteilt, alle vorhandenen Daten zusammenzufassen und eine nationale Umfrage zu starten, mit der Absicht, bisher ungeklärte Vergewaltigungsfälle mit den vorliegenden Ergebnissen abzugleichen. Vielleicht ist der Fisch, den sie im Netz haben, viel größer, als sie vermuten. Nach einer halben Stunde geht diese Mitteilung an alle Dienststellen.

Frühestens morgen, am Montag zum Dienstschluss, könnten erste Ergebnisse der Umfrage eintreffen.

xxx

Wohnhaus Fam. Richter - Sonntag 12.00 Uhr.

Gegen 12.00 Uhr lässt Peter seine Autohupe tönen. Anja und Rebecca laufen ihm zur Begrüßung entgegen. Peter mustert beide Frauen von oben nach unten und zurück und stellt fest, dass noch alles an Ort und Stelle ist.

Rebecca kann sich nicht verkneifen, zu antworten:

„Bei uns schon."

Ihre Mutter pufft sie in die Seite. Peter kann dieser Bemerkung keine Deutung zuordnen, versucht, nachzufragen, wird aber auf später vertröstet. Rebecca ist sauer auf sich selbst, da derartige Bemerkungen absolut nicht in ihr Erklärungskonzept passen. Peter spielt den Geduldigen und man setzt sich an den gedeckten Tisch, der auch Peter zu Aussprüchen animiert, dass der Anlass für diese „Feierlichkeit" ganz schön groß sein muss.

Im Anschluss an das „Festtagsmahl" schenkt Anja die Weingläser ein und Rebecca beginnt zu reden. Sie fängt mit ihrem Erlebnis im vergangenen September an und endet mit dem Stand von heute Vormittag.

Sie spricht mehrfach aus, dass es ihr jetzt sehr unangenehm ist, ihren Vater in Unwissenheit gelassen zu haben und bittet vielmals um Entschuldigung.

Anja hat schweigend zugehört. Nur Blicke gingen zwischen dem Ehepaar hin und her. Lange, viel zu lange für Anjas Verständnis, überlegt Peter, sucht nach Worten. Dann seine Reaktion: Er müsste ungehalten und vor allem traurig sein, dass er in die Probleme seiner Liebsten vor einem Jahr nicht einbezogen wurde, glaubt aber, dass er im anderen Falle auch nichts Konstruktives hätte beitragen können. Er möchte nicht im Nachhinein den Beleidigten spielen und will es dabei bewenden lassen. Das Aktuelle sieht er wie einen spannenden Kriminalroman, in den er sich wohl oder übel einbezogen sieht. Ja, er kann nur mit Hochachtung den Hut vor seiner Frau ziehen, auch wenn ihm die Gänsehaut bei dem Gedanken an ihre kriminalistische Energie über den Rücken läuft.

„Anja, wie konntest Du nur auf derartige Ideen kommen?"

Anja reagiert:

„Ach, Peter, ich brauchte endlich mal eine Bestätigung dafür, dass ich mein Studium mit besten Ergebnissen abgeschlossen habe. Was glaubst Du, wie den beiden Polizisten gestern der Mund offenstand, als ich ihnen mit meiner Schlinge eine dicke und ziemlich harte Knackwurst in zwei Hälften zerschnitt."

xxx

Polizeistation - Sonntag 12.00 Uhr.

Hier ist man aktiv und trägt alles zusammen, was man gegen Herrn Tischbein verwenden kann. Der soll erst wieder aufgesucht werden, wenn sämtliche Fakten vorliegen.

Sein persönliches Umfeld wird durch die Behörde in dessen Wohnort beleuchtet und in Form eines Berichtes an Hauptkommissar Bernd Ludwig geschickt. Hierin wird Herrn Tischbein ein makelloses Verhalten ohne Auffälligkeiten bescheinigt. Er ist verheiratet, hat zwei Kinder im Alter von einundzwanzig (weiblich) und neunzehn (männlich) Jahren. Die Tochter führt eine Praxis für Physiotherapie, der Sohn studiert (Studienrichtung unbekannt). Die Familie bewohnt ein Einfamilienhaus (gepflegt mit entsprechendem Grundstück). Auf Wunsch Herrn Ludwigs ist man weder mit Frau Tischbein noch mit den Kindern in Kontakt getreten, da die Ermittlungen vorerst geheim bleiben sollen.

Die Aktentasche, die die beiden Beamten aus dem Krankenhaus mitbrachten, wurde bis auf die letzte Notiz und auch das darin befindliche Handy bis zum letzten Gespräch ausgewertet. Hieraus ergaben sich Schlüsse ganz anderer Art. In fast unmittelbarer Nachbarschaft der ermittelnden Polizeistation wohnt eine Frau, die man als zweite Lebensgefährtin Harry Tischbeins bezeichnen muss. Auch ein siebenjähriger Sohn, vermutlich ist Harry Tischbein der Vater, lebt bei dieser Frau. Damit erklären sich auch die Geschenke, die in Tischbeins Tasche waren. Beide Geschenkpakete wurden untersucht. In dem einen fand man ein ferngesteuertes Polizeiauto und im anderen eine zarte geschmackvolle Goldkette mit Amethyst-Anhänger.

Da sicher ist, dass Herr Tischbein vom Krankenhaus aus nicht in der Lage sein wird, Kontakt zu seiner Zweitfrau aufzunehmen, da sein Handy nicht in seinem Besitz ist und er mit Sicherheit nicht danach drängt, dieser Frau Ursache und Grund seines Krankenhausaufenthaltes zu verraten, gehen Herr Baumann und eine Polizeibeamtin noch am Sonntag zu Frau Kirchhoff, Kirchplatz 12.

xxx

Wohnung Frau Kirchhoff - Sonntag 15.00 Uhr.

Die Beamten klingeln bei Frau Kirchhoff. Wenige Sekunden später hören sie hinter der Wohnungstür eine Kinderstimme fröhlich rufen:

„Das kann nur der Papi sein. Endlich!"

Die Vaterschaft des Jungen ist für die Beamten nach dieser eindeutigen Aussage geklärt. Die Tür öffnet sich und mit enttäuschtem Gesicht ruft der Junge nach der Mama, die aus einem Zimmer kommt, in dem nach dem Kindertumult zu urteilen, eine Kindergeburtstagfeier stattfindet.

„Frau Kirchhoff?"

„Ja, womit kann ich Ihnen helfen?"

Die Beamten stellen sich vor und entschuldigen sich für die Störung der Geburtstagsfeier.

„Ja, mein Junge ist heute sieben geworden. Wir haben eigentlich gehofft, dass sein Papa hinter der Tür steht. Und nun zwei Leute in Uniform. Wie muss ich das verstehen?"

„Das wird so einfach nicht sein", antwortet die Beamtin, Frau Gerlach. Herr Baumann ergänzt:

„Wir würden Sie gern ohne Anwesenheit der Kinder sprechen. Ist das möglich?"

Frau Kirchhoff macht einen sehr sympathischen und kooperationsbereiten Eindruck und sagt:

„Ja, natürlich, aber die Kinder, acht Jungen und Mädchen sind dann ohne Aufsicht. Das ist blöd. Vorschlag: Sie sind Frau und in Uniform. Das imponiert den Kindern besonders. Erzählen Sie denen was Spannendes, während Ihr Kollege mir in der Küche sagt, was los ist."

Herr Baumann ist einverstanden und schiebt seine Kollegin in Richtung Kinderlärm. Frau Kirchhoff begleitet sie und kommt schnell wieder zur Wohnungstür und bittet Herrn Baumann in die Küche.

Frau Kirchhoff erfährt nur so viel, dass Herr Tischbein im Krankenhaus liegt, da er einen Unfall hatte und operiert werden musste. Da das Krankenhaus keine zweihundert Meter entfernt von ihrer Wohnung ist, kann sie ihn, wenn der Geburtstagstrubel beendet ist, vielleicht noch am Abend besuchen. Er redet sich damit heraus, dass er Genaueres über die Verletzung Herrn Tischbeins nicht sagen kann.

Von ihr erfährt der Beamte allerding wesentlich Wichtigeres. Harry, wie sie Herrn Tischbein nennt, ist eigentlich so etwas wie ihr Ehemann. Sie weiß, dass er etwa hundertsechzig Kilometer von hier Frau und zwei Kinder hat. Damit hat sie sich abgefunden, denn es gibt triftige Gründe für ihn, sich nicht scheiden zu lassen. Das sieht sie ein und solange Harry in regelmäßigen Abständen, das heißt alle drei Wochen für ein langes Wochenende bei ihnen ist, will sie nicht klagen. Harry liebt sie, sie liebt ihn und ihrem gemeinsamen Sohn ist er ein liebevoller Papa. Ihr Sohn geht jetzt in die zweite Klasse und möchte so klug wie sein Papa werden. Die Frage, ob sie die Frau Herrn Tischbeins kennengelernt hat, verneint sie, aber sie ist der Meinung, dass Harry mit ihr ein sehr gutes Verhältnis pflegt. Harry ist so lieb und rücksichtsvoll, der kann gar nicht böse sein. Der ist häuslich, hilfsbereit, großzügig. Das wird er bei seiner Frau ebenso sein wie bei ihr. Frau Kirchhoff ist sich sicher, dass Harry seiner Frau von seiner Beziehung zu ihr erzählt hat. Seine Frau scheint diese Patchwork-Beziehung ebenso zu akzeptieren wie sie selbst.

Fünf Minuten hat die Unterredung gedauert. Frau Kirchhoff geht in das Wohnzimmer und winkt der Beamtin zum Aufbruch.

Diese hat Mühe, sich aus dem Kinderhaufen zu entfernen Die Kinder hängen an ihrem Mund und wollen ständig Neues wissen. Alle wollen jetzt Polizisten werden.

Herr Baumann und Frau Gerlach verlassen Frau Kirchhoff mit dem Gefühl, dass sie nicht die geringste Vorstellung davon hat, dass ihr Harry auch ganz anders, gewalttätig und brutal sein kann. Frau Kirchhoff tut ihnen regelrecht leid, dass sie vielleicht noch heute die Enttäuschung ihres Lebens erleiden wird.

xxx

Polizeistation - Montag - 16.00 Uhr

Da Herr Tischbein im Krankenhaus ohne die Informationen lebt, die inzwischen durch die Ermittlungstätigkeit der Polizei eingeholt wurden und sich nach wie vor in Sicherheit und vor allem unerkannt fühlt, sieht man keine Veranlassung, sofort und übereilt aktive Schritte zu unternehmen. Lediglich der Kontakt zum Oberarzt der Urologie wird gehalten, um über die Entwicklung seiner Genesung im Bilde zu sein.

Am Montag gegen 16.00 Uhr druckt das Fax-Gerät insgesamt fünf Antworten auf die Umfrage nach ungeklärten Vergewaltigungsfällen bei Herrn Ludwig aus. Drei davon sind

Vermutungen, die genauerer Prüfung bedürfen, ein weiterer Fall, der sich vor zwei Jahren im Juni ereignete, ist Harry Tischbein mit großer Wahrscheinlichkeit zuzuschreiben. Aber das letzte Schreiben ist ein Volltreffer. Hier stimmen alle Labordaten überein und es gibt keine offenen Fragen.

Vor drei Jahren, am 3.Juli wurde im Waldstück in der Nähe des Ortes Ulmendorf eine tote Frau aufgefunden. Ein Spaziergänger entdeckte die Leiche und alarmierte sofort die zuständige Polizei. Die Beamten fanden eine grausige Situation vor. Neben der Tatsache, dass eine Vergewaltigung vorlag, muss der Täter das Opfer zu Boden geworfen haben, aber derart unglücklich, dass sich ein abgesplitterter Ast zwischen ihre Rippen bohren konnte, was zu enormen inneren Verletzungen und dann zum Verbluten führte. Der Täter hat vermutlich den Tod der Frau in seiner Erregung nicht bemerkt und als seine Befriedigung beendet war, hat er die Frau sich selbst überlassen, ohne zu erkennen, dass diese bereits tot war. Die Staatsanwaltschaft, die für den Ort Ulmendorf zuständig ist, hat bereits mit sofortiger Wirkung den Haftantrag für Harry Tischbein gestellt.

Herr Ludwig sieht sich nun doch in der Pflicht, die geplante Verzögerungstaktik aufzugeben und nicht erst am Mittwoch zum Schlag gegen Herrn Tischbein auszuholen.

xxx

Krankenhaus   - Montag 16.30 Uhr.
Die neue Entwicklung veranlasst die Herren Baumann und Ludwig, den Oberarzt der Urologie aufzusuchen, um mit ihm zu

beratschlagen, ob noch heute Harry Tischbein in Haft genommen werden kann. Der Oberarzt ist der Meinung, dass der Patient auch in U-Haft mit seiner gut heilenden Wund leben kann. Der Katheder kann voraussichtlich in vier Tagen entfernt werden. Das kann eine der Krankenschwestern auch in der Polizeistation übernehmen.

In Begleitung des Oberarztes treten die beiden Polizisten ohne vorherige Anmeldung und ohne anzuklopfen in das Krankenzimmer ein und stellen ihn vor vollendete Tatsachen, nachdem sie Harry Tischbein einige noch nicht bekannte Informationen entlocken.

Harry Tischbein erzählt bereitwillig, dass er am letzten Donnerstag zu einer dienstlichen Verabredung gefahren ist. Es sollte um einen Vertragsabschluss für eine Vermögensversicherung gehen, über die er aus Datenschutzgründen keine näheren Angaben machen darf. Die Adresse gibt er bereitwillig bekannt. Diese Adresse ist nur wenige Kilometer vom Krankenhaus entfernt.

Herr Ludwig verlässt nach dieser Information kurz das Krankenzimmer und telefoniert auf dem Gang mit einem Kollegen und bittet, dass die Adresse und die Angaben überprüft werden - und das sofort.

Zurück im Krankenzimmer wird Herr Tischbein mit dem Haftbefehl, der gegen ihn vorliegt, konfrontiert. Sofort versucht er wie beim ersten Mal, starke Schmerzen vorzutäuschen, wird aber von Herrn Baumann barsch angefahren.

Der anwesende Oberarzt versichert, dass der Patient keine Schmerzen haben kann, denn vor ein paar Minuten hat er im Schwesternzimmer mit dem Personal geredet und einige Witze erzählt. Da war von Schmerz keine Rede. Der Versuch Tischbeins ging voll nach hinten los und er muss kleinbeigeben.

Er wird von Herrn Ludwig mit der Tatsache konfrontiert, dass zweifelsfrei nachgewiesen wurde, dass er vor einem Jahr bei dem Versuch, die Tochter von Anja Richter im gleichen Waldstück, in dem er am letzten Donnerstag deren Mutter vergewaltigen wollte, sich die Verletzung über dem Auge zuzog.

Herr Tischbein zieht sich bei jedem Wort, das er hören muss, mehr zurück und schweigt zu allen Vorwürfen. Er verstummt, denn er hat keinerlei Gegenargumente vorzubringen. Auch der Gedanke an einen Anwalt kommt ihm nicht einmal in den Sinn. Der Fall mit Todesfolge vor drei Jahren wird vorerst nicht ins Gespräch gebracht. Das kann warten.

Herr Ludwig sagt den Spruch, der in derartigen Fällen gesagt werden muss:

„Herr Tischbein ich nehme Sie fest wegen mehrfacher Vergewaltigungen. Ziehen Sie sich an, packen Sie Ihre Sachen. Hier haben Sie Ihre Aktentasche zurück.

Die beiden Päckchen für Frau Kirchhoff und Ihren Sohn können Sie selbst übergeben, wenn Sie von ihr besucht werden. Ich gebe Ihnen fünf Minuten."

Das trifft H. Tischbein hart. Er versucht nochmals, seine Wunde vorzuschieben, die unter der ärztlichen Aufsicht besser heilen kann als im Gefängnis, aber erfolglos.

Er zieht sich an, packt das Wenige zusammen und nach sechs Minuten sitzt Herr Tischbein, mit Handschellen an Herrn Baumann gekettet im Dienstwagen in Richtung Gefängniszelle.

Nach jetzigem Stand ist sicher, dass Harry Tischbein ein Doppelleben führte, zwei Familien mit drei Kindern hat, unauffällig lebt und ab und zu, wie es sich so ergibt, eine Frau, die seinem Idealbild von Frau entspricht, brutal vergewaltigt. Er macht das sehr geschickt, umgeht jedes Risiko und schlägt zu, wenn er sich absolut sicher fühlt. Das setzt voraus, dass er nicht an Frauen gerät, die ihrerseits bereit und fähig sind, sich mit Erfolgsaussicht zu wehren. Er plant die Vergewaltigungen minutiös, also absolut vorsätzlich und lässt sich nicht von momentanen Emotionen leiten.

xxx

Krankenhaus   - Montag 16.50 Uhr.
Frau Kirchhoff hätte die Polizisten und ihren „Ehemann" auf dem Weg zum Ausgang des Krankenhauses begegnen können. So steht die Ahnungslose im leeren Krankenzimmer. Selbst in das Schwesternzimmer war noch nicht durchgedrungen, dass dieses Zimmer jetzt frei ist für das Reinigungspersonal. Alle hier anwesenden Pfleger und Krankenschwestern zucken mit den Achseln, wundern sich insgeheim, dass sich eine so attraktive Frau um einen kümmert, dem bei einer nachgewiesenen Vergewaltigung sein Tatwerkzeug abhandengekommen ist. Dieser Tatbestand hat wie ein Lauffeuer seit Donnerstag alle Stationen des Krankenhauses erfasst.
Man schickt die Frau in das Zimmer des Oberarztes, der ihr erklärt, dass Herr Harry Tischbein vor einigen Minuten von zwei Polizisten mit Haftbefehl abgeholt wurde.
Da sie über den Grad ihrer verwandtschaftlichen Beziehung zu Herrn Tischbein keine Angaben machen kann, muss ihr der Oberarzt jede weitere Auskunft verweigern. Er schickt sie zur Polizeistation, die ja in der Nähe des Krankenhauses zu finden ist.

XXX

Polizeistation - Montag 17.00 Uhr.

Völlig aufgelöst steht Frau Kirchhoff vor einem Polizisten und fragt mit zitternder Stimme:

„Sie haben meinen Mann verhaftet. Ich komme gerade aus dem Krankenhaus. Wo ist er?"

Der Polizist, es ist Herr Ludwig, der die Dame bisher nicht kennengelernt hat, aber natürlich weiß, worum es geht, antwortet:

„Vermute ich richtig, dass es sich um Harry Tischbein handelt. Sie sind aber bestimmt nicht seine Frau, sondern Frau Kirchhoff. Richtig?"

„Ja, das stimmt. Aber wir sind so gut wie verheiratet, haben auch einen gemeinsamen Sohn. Kann ich mit Harry sprechen?"

„Das kann ich Ihnen erst sagen, wenn ich meinen Kollegen konsultiert habe. Bitte nehmen Sie dort vorn Platz. Sie können sich auch gern einen Kaffee nehmen."

„Ja, danke. Aber bitte verstehen Sie mich. Meine Zeit ist knapp. Unser siebernjähriger Sohn ist allein zu Hause. Von der Arbeit bin ich schnell zu ihm und habe gesagt, er soll auf mich warten, denn ich würde gleich zurückkommen."

Sie schaut auf ihre Uhr und stellt fest:

„Das war vor vierzig Minuten."

„Trotzdem, warten Sie bitte!"

Nach zwei Minuten kommt er in Begleitung von Herrn Baumann zu ihr. Herr Baumann wird von ihr wie ein alter Bekannter begrüßt, allerdings mit der Frage konfrontiert:

„Warum haben Sie mir gestern verschwiegen, dass mein Mann - Entschuldigung Lebensgefährte - kurz vor einer Verhaftung steht. Was ist überhaupt los mit ihm. Was hat er denn getan?"
„Aus ermittlungstechnischen Gründen musste ich das gestern leider verschweigen. Das tut mir leid. Aber ich denke, es ist unter den jetzigen Umständen besser, ich lasse Sie zu ihm. Er ist noch nicht fertig mit dem notdürftigen Einrichten seiner Zelle. Sie müssen aber gestatten, dass mein Kollege bei Ihrer Begegnung anwesend sein muss."
„Können wir gehen?", fragt Frau Kirchhoff.

Harry Tischbein sitzt auf dem Bett und sieht geradeaus auf die kahle Wand. Er macht einen mehr erschrockenen als erfreuten Gesichtsausdruck, als er seine Helene in der Tür stehen sieht.
„Du hier?" fragt er apathisch.
„Was ist denn los mit Dir? Wir warten seit Donnerstag auf Dich und heute darf ich Dich in einer Gefängniszelle besuchen!"
Sie setzt sich neben ihn auf das Bett. Er rückt von ihr ab.
„Harry, was ist los?"
„Glaube mir, Lenchen, es ist alles so furchtbar! Es sind schlimme Sachen geschehen. So schlimm, dass ich nicht darüber reden kann. Du wirst, leider musst Du sogar alles erfahren. Bitte verlasse mich, vergiss mich. Sage unserem kleinen Schatz, ich wäre schwer krank geworden. Lass Dir was einfallen. Die Zeit mit Dir, mit Euch, war so wunderschön - aber jetzt stürze ich in einen Abgrund, aus dem mich kein Mensch retten kann."
Er macht eine Pause. Helene Kirchhoff findet keine Worte und ist zu keiner Reaktion in der Lage.
„Helene, bitte geh jetzt."
Er richtet sich an Herrn Baumann:

„Herr Baumann, ich wäre Ihnen dankbar, Sie würden Frau Kirchhoff die ungeschminkte Wahrheit über mich sagen. Das macht ihr den Abschied leichter."

Er greift nach ihrer Hand, will sie küssen, aber sie schlingt ihre Arme um ihn und lässt erst los, als Herr Baumann sie mit sanfter Gewalt fortzieht. Sehr schnell und ohne sich noch einmal umzuschauen, geht sie vor dem Polizisten aus der Zelle. Sie hört, wie der zuschließt und stützt sich an der Wand des Ganges ab.

Sie sagt mit gebrochener Stimme:

„Herr Baumann, ich muss zu unserem Sohn. Er ist allein zu Hause. Wann kann ich Sie sprechen?"

Herr Baumann ist von dem Abschied tief berührt und hat während dessen völlig verdrängt, dass ein Sexualverbrecher sich von der Frau für immer verabschiedet, die er liebt und von der er geliebt wird. Die Frau tut unendlich leid. Aus diesen Beweggründen antwortet er:

„Frau Kirchhoff, wäre es Ihnen recht, wenn ich heute, sagen wir gegen zwanzig Uhr zu Ihnen komme. Frau Gerlach werde ich bitten, mitzukommen."

„Ja, bitte."

Sie verschwindet eilig mit einem kleinen „Tschüs" aus dem Gebäude.

Herr Baumann sucht seine Kollegin Gerlach in ihrem Dienstzimmer auf und bittet sie, ihm zu helfen. Sie beratschlagen, wie sie das ganze Drama der armen Frau beibringen können.

xxx

Wohnung von Frau Kirchhoff - Montag 20.15 Uhr.

Begleitet von starkem Herzklopfen öffnet Helene Kirchhoff die Wohnungstür und bittet die beiden Beamten, dieses Mal in Zivil, in ihr Wohnzimmer, in dem gestern die große Geburtstagsfeier stattfand.

Frau Gerlach übernimmt die ersten Erklärungen, nachdem sie Frau Kirchhoff bittet, jetzt sehr tapfer zu sein. Aber vorbereitet ist sie ja auf Unangenehmes.

Dass Harry Tischbein ein Doppelleben führt, hatten sie ja gestern gemeinsam behandelt. Noch nicht angesprochen wurde aber die Tatsache, dass er noch ein weiteres Leben führte - bis zum letzten Donnerstag.

„Und wie soll ich mir das vorstellen?" fragt Frau Kirchhoff zweifelnd.

Herr Baumann antwortet:

„Es geht um Sexualdelikte."

Es folgt die typische Antwort:

„Das glaube ich nicht!"

„Frau Kirchhoff, Sie werden es glauben müssen."

„Wie soll das möglich sein? - Ausgerechnet Harry, der keiner Fliege etwas zuleide tun kann - unmöglich!"

Jetzt beginnt Herr Baumann zu erzählen, beginnt bei dem Fall mit Rebecca Richter und weiter mit dem ihrer Mutter Anja Richter. Von den sogenannten „Ungeklärten Fällen" sagt er nichts. Von diesen wird die arme Frau zum späteren Zeitpunkt automatisch genügend erfahren.

Frau Kirchhoff schweigt, schüttelt lediglich leicht den Kopf. Sie nimmt die Berichte auf wie jemand, der unschuldig verurteilt wird und weiß, dass er diesem Urteil ohne die geringste Aussicht auf Hilfe ausgeliefert ist.

Der Kaffee, den Frau Kirchhoff eingeschenkt hatte, ist kalt geworden. Keiner war in der Lage, den Bericht mit nebensächlichen Handgriffen zu unterbrechen. Jetzt beginnt Frau Kirchhoff, sich zu fassen und möchte sich bemühen, den beiden Beamten gegenüber stark zu sein. Auch um das entstandene Schweigen zu unterbrechen, bietet sie an, eine Flasche Wein zu öffnen. Herrn Ludwig ist dieses Angebot unangenehm, aber Frau Gerlach ist nicht abgeneigt. Die beiden Frauen verstehen sich gut. Sie dürften in ähnlichem Alter sein - Mitte dreißig.

Herr Baumann fragt:

„Wie alt ist eigentlich Herr Tischbein?"

„Zweiundfünfzig, er ist vierzehn Jahre älter als ich."

Frau Gerlach hat das Gefühl, dass sie nicht nur Mitleid mit der Frau hat, sondern dass ihr diese Helene Kirchhoff sympathisch ist - sehr sogar. Gern würde sie ihre Hilfe anbieten, egal auf welcher Ebene. Sie fragt direkt:

„Was für ein Gefühl haben Sie jetzt, nachdem Sie diese schockierenden Wahrheiten erfahren mussten. Ihr gesamtes Leben wird an einem Tag umgestoßen. Ich kann mir vorstellen, wie schwer das sein muss. Sie werden Harry Tischbein bestimmt noch einige Male sehen, aber er steuert auf eine sehr lange Haftstrafe zu. Auch damit werden Sie sich abfinden müssen."

Die Antwort:

„Wenn es nur um die Amputation gehen würde, wäre ich traurig, könnte aber bestimmt damit leben, mit ihm leben! Aber die anderen Umstände würden mir ab sofort den freien Atem rauben, sollte ich mit Harry auch nur stundenweise intim zusammen sein. Vorstellen oder begreifen kann ich mir seine Zwiespältigkeit noch lange nicht. Ausgerechnet Harry. Die Zeit war so schön mit ihm, auch wenn da im Hintergrund stets die andere Frau mit ihren Kindern war.

Ist er schizophren? Oder wie bezeichnet man derartiges Verhalten? Kann ich das als krankhaft bezeichnen?"

An Frau Gerlach war die Frage gerichtet. Sie antwortet, dass sie das so genau nicht sagen kann. Es wird aber mit Sicherheit ein psychologisches Gutachten erstellt, in dem der Gutachter diesen Ursachen bis ins Detail nachgehen wird.

Sie bereitet Frau Kirchhoff auch darauf vor, dass man ihr sehr bald in diesem Zusammenhang ermittlungstechnische Fragen stellen wird.

Darauf betont Frau Kirchhoff wieder, dass Harry ihr gegenüber völlig normal und liebevoll war. Eher übertrieb er das manches Mal, aber das betonte sie bereits - und sie wird das bei jeder weiteren Frage wieder so sagen. Bei diesem Wort „sagen" reißt in ihr etwas und sie bricht in Tränen aus. Als würde sie in diesem Moment den wahren Sachverhalt in vollem Umfang erkennen. Sie lässt sich auf das Sofa fallen, in dem sie während der Unterhaltung saß und vergräbt ihr Gesicht in den Armen und schluchzt.

Herr Baumann würde das gern zum Anlass nehmen, um mit seiner Kollegin die Wohnung zu verlassen. Frau Gerlach winkt ab und bedeutet, dass sie unbedingt bleiben will. Sie fühlt, dass es ihre Pflicht als Frau ist, der schluchzenden Frau Kirchhoff beizustehen.

Nach etwa einer Minute sagt sie zu Frau Kirchhoff, dass ihr Kollege vielleicht doch besser gehen sollte, denn zwischen zwei Frauen ist das besser zu besprechen, was noch im Raume steht.

Tatsächlich erhebt sich Herr Baumann und geht betont leise zur Tür. Er möchte jede Abschiedszeremonie rücksichtsvoll vermeiden.

Aber seine Bewegungen lassen Frau Kirchhoff aufhorchen und sie hebt ihren Kopf, sieht, dass nur er aufbrechen will und nickt ihm einen kleinen Abschiedsgruß zu. Frau Gerlach entscheidet sich, neben Frau Kirchhoff auf dem Sofa Platz zu nehmen und kaum sitzt sie, wird ihre Hand von Frau Kirchhoff ergriffen mit dem Ausspruch:

„Danke, dass Sie bleiben."

„Weinen Sie sich aus, Frau Kirchhoff. Das ist in Ihrer Situation das, was Sie am ehesten beruhigt."

Ihr Schluchzen ist in stilles Weinen übergegangen. Sie ist ruhiger geworden. Die Tränen versiegen und Frau Gerlach fühlt, dass jedes Wort fehl am Platze wäre. Sie sitzen schweigend lange nebeneinander.

Irgendwann ist es soweit, dass sich Frau Kirchhoff aufrichtet, sich die Nase putzt und die Tränen aus dem Gesicht wischt. Sie steht auf und verschwindet kurz zur Toilette und öffnet danach sehr vorsichtig die Tür zum Zimmer des Sohnes. Sie kommt zurück in das Wohnzimmer und sagt:

„Tom schläft selig. Der weiß von nichts und träumt davon, Polizist zu werden."

Sie setzt sich wieder zurück neben Frau Gerlach, nimmt das noch unberührte Weinglas und beide trinken den ersten Schluck dieses Abends.

Frau Kirchhoff bedankt sich nochmals sehr herzlich bei der Polizistin und fragt schüchtern:

„Können wir nicht Du zueinander sagen?"

Frau Gerlach überlegt und antwortet:

„Ich fände das sehr schön, aber ich komme in Konflikte mit meinem Beruf als Beamtin. Bitte lassen Sie noch einige Zeit darüber verstreichen. Ich verspreche Ihnen, das Angebot nicht zu vergessen."

Frau Kirchhoff kann das Argument sehr gut verstehen. Weit über eine Stunde bleiben beide noch zusammen. Frau Kirchhoff ist Kindergärtnerin und voll berufstätig. Sie liebt ihren Beruf und hat unter den Kolleginnen auch Frauen, mit denen sie freundschaftlich verkehrt. Da ihr Mann, Harry, aber nur an Wochenenden bei ihr war und sie die wenige Zeit für sich haben wollten, kam es nicht dazu, mit anderen Familien in echte freundschaftliche Beziehungen zu kommen. Die Folge ist, dass sie jetzt nur schwer jemanden finden wird, dem sie sich anvertrauen kann. Ihre Eltern leben am anderen Ende Deutschlands, haben ihren Job und demzufolge kaum Zeit, sie tröstend zu unterstützen. Außerdem hatten sie während der vielen Jahre zwar alle Achtung vor Harry, aber dass er sich nicht mit aller Konsequenz für sie, Helene, entscheiden konnte, haben sie ihm nie verziehen. Sie denkt, dass sie ihren Eltern die wahren Gründe ihrer nun bevorstehenden Trennung lange Zeit verschweigen wird.

Frau Gerlach bietet der sich entwickelnden Freundschaft ihre Hilfe auf allen Ebenen an. Das erste wird sein, dass sie vermutlich bereits morgen mit einem Protokollentwurf zu ihr kommen wird, auf dem sie ihre Unterschrift geben muss. Dann können sie weiter konkrete Probleme besprechen.

Mit den Worten:

„Ich möchte nicht in Ihrer Haut stecken", verabschiedet sich die Beamtin von Frau Kirchhoff in dem sicheren Gefühl, dass die Ärmste einigermaßen beruhigt einschlafen wird. Frau Kirchhoff umarmt die Polizistin zum Abschied und sagt ihr damit, dass sie auf ihre Unterstützung baut, ja angewiesen ist.

xxx

Polizeistation - Dienstag 11.15 Uhr.
Eine unruhige Nacht für H. Tischbein ist vergangen. Die Wunde begann wider Erwarten doch zu schmerzen, so dass er am frühen Morgen darum bitten musste, jemanden kommen zu lassen, der den Verband wechselt. Man rief im Krankenhaus an und eine der OP-Schwestern erledigte das, war aber sehr zufrieden mit der Wundheilung und stellte die Entfernung des Katheders zu Beginn der nächsten Woche in Aussicht.
11.15 Uhr erscheinen die beiden den Fall bearbeitenden Polizisten in seiner Zelle, um ihn vom neuesten Stand der Ermittlungen gegen ihn zu informieren. Mit der Aussage:
„Zu der Vergewaltigung mit Todesfolge am 3. Juli vor drei Jahren werden Sie wohl kaum Widerspruch einlegen?
Harry Tischbein fällt der Unterkiefer eine Etage tiefer. Entsetzt fragt er zurück:
„Was bedeutet Todesfolge? Ich habe doch niemals jemanden umgebracht! Dass ich an diesem 3. Juli eine Frau belästigt habe, wird vermutlich richtig sein."
Herr Ludwig:
„Ihr Register wird von Tag zu Tag umfangreicher. Sie sollten selbst anfangen, Buch zu führen. Aber wir entdecken auch so alles."

Zu allem, was die Beamten ihm mitteilen, kann Tischbein lediglich mit dem Kopfe nicken. Dass noch weitere Fälle wiederaufgerollt werden, begreift er. Zu allem nur verständnisvolles Kopfnicken. Ob er nicht doch seinen Anwalt informieren möchte - schließlich ist das sein gutes Recht.

„Wozu Anwalt. Ich bin doch sowieso am Ende. Was soll der schon bewirken können. Lassen wir das für später."

Ob es jemanden gibt, den er benachrichtigen möchte, wird gefragt. Dazu berichtet Herr Baumann kurz von dem gestrigen Gespräch bei Frau Kirchhoff. Herr Tischbein nimmt auch das mit zustimmendem Kopfnicken zur Kenntnis. Aber mit Helene war ja schon das Wesentliche geklärt.

„Doch, eines müsste ich erledigen. Sie wissen, dass ich verheiratet bin und zwei weitere, aber erwachsene Kinder habe. Meine Frau weiß nichts von meinem Dilemma. Renate muss es erfahren - auch die Kinder. Fragt sich nur, wie."

Herr Ludwig und Herr Baumann beraten sich in Anwesenheit Tischbeins, ob man nicht vor Ort mit der Frau Tischbein reden sollte. Das gestrige Gespräch mit Frau Kirchhoff verlief sehr positiv. Herr Ludwig entscheidet:

„Regeln Sie das, Kollege Baumann. Am besten, sie fahren zusammen mit Frau Gerlach so schnell es geht nach Kremsbüttel."

Herr Tischbein sagt dazu nicht viel:

„Meine Zustimmung haben Sie. Ich möchte keinen Kontakt zu Renate und den Kindern."

Herr Baumann klärt H. Tischbein weiterhin auf:

„Bis die ärztliche Behandlung abgeschlossen ist, bleiben Sie bei uns. Was danach mit Ihnen geschieht, wird die zuständige Staatsanwaltschaft entscheiden. Das mit Ihrem Anwalt sollten

Sie sich noch einmal überlegen. Auch Detailfragen können wichtig sein."

Auf die Frage, ob Herr Tischbein weitere Wünsche hat, wird wiederum nur mit Kopfschütteln geantwortet."

Die Beamten verlassen die Zelle und Herr Baumann redet mit Frau Gerlach über die zu planende Dienstreise zu Frau Tischbein. Frau Gerlach erklärt sich bereit, mit Frau Tischbein telefonischen Kontakt zwecks Vorbereitung aufzunehmen.

xxx

Wohnung von Familie Tischbein - Donnerstag 17.30 Uhr.

Die beiden Beamten sind sehr pünktlich und hatten Zeit, sich die Stadt anzusehen, Mittag zu essen - auf Staatskosten, wie Herr Baumann spöttisch bemerkt.

Sie vereinbaren, dass vorerst Frau Gerlach das Wort führen soll.

Sie hat den besseren Zugang zu Frauen als er.

Pünktlich klingeln die Polizisten in Uniform bei Frau Tischbein.

Sie stehen im Vorgarten eines sehr gepflegten Einfamilienhauses in einer Wohngegend, die zu erkennen gibt, dass hier Familien leben, die gut oder besser als gut situiert sind.

Das Haus ist groß, modern gebaut, Erdgeschoss, eine Etage und zusätzlich ausgebauter Dachstuhl. Zwei Garagen und zu vermuten ist ein übergroßer Swimmingpool hinter dem Haus. Das Gelände scheint riesig zu sei. Das kann man aus der Parzellierung der gesamten Wohnanlage entnehmen.

Eine Frau öffnet, attraktiv, dunkles, eher schwarzes Haar, kurzer Haarschnitt, dezent, aber sehr gekonnt geschminkt. Gute Figur, sehr elegant gekleidet.

Frau Gerlach fällt auf, dass sie dem Typ Helene Kirchhoff entspricht. Sie stellt das fest, aber erst viel später leitet sie aus dieser Beobachtung Schlüsse ab.

Frau Gerlach stellt sich und ihren Begleiter formell vor, aber Frau Tischbein winkt ab, denn sie weiß, wer die beiden sind.

Sie bittet die Besucher in die Veranda, einem großzügig eingerichteten Raum mit riesiger Verglasung zum Swimmingpool und den äußerst gepflegten Gartenanlagen. Sie verschwindet in der angrenzenden Küche - oder es ist nur ein kleiner Bereich zum Bereiten von Kaffee, Getränken und Imbiss - kommt schnell mit einem Tablett, auf dem alles, was zum Kaffee, inclusive verschiedener Gebäcksorten benötigt wird, zurück.

„Bitte greifen Sie zu."

Bei der Bemerkung gießt sie die Tassen ein, verweist auf Sahne und Zucker und setzt sich den beiden Polizisten gegenüber.

„So, nun hoffe ich, alles ausführlich zu erfahren, was Sie, Frau Gerlach, am Telefon angedeutet haben."

Sie steht nochmals auf, läuft zurück in den vermeintlichen Küchenbereich und kommt mit Tafelwasser und drei Gläsern zurück.

„Ich gehe doch davon aus, dass sich die Andeutungen inzwischen als Irrtum herausgestellt haben und mein Mann wieder auf freiem Fuß ist. Oder liegt er noch im Krankenhaus? Welcher Art ist seine Verletzung überhaupt? Was mich am meisten irritiert, ist sein Schweigen. Er ruft doch sonst täglich an. Auch wenn er bei seiner Mätresse ist. Vielleicht gab es dort mal richtigen Krach und die leidige Beziehung ist endlich beendet!"

Das war ein Wortschwall, dem die beiden Polizisten ausgeliert waren! Na, warte, Dir werden gleich die Lichter aufgehen. Frau Gerlach weiß jetzt, wie gut es war, erst die „Mätresse" und dann die Ehefrau aufgesucht zu haben.

Gegen ihre Absprache ergreift doch Herr Baumann das Wort: „Frau Tischbein, wir sind gekommen, um Sie über den Ernst der Lage zu informieren. Ihr Mann befindet sich seit gestern in U-Haft. Man legt ihm mehrere Sexualdelikte, unter anderem eine brutale Vergewaltigung mit Todesfolge zur Last. Er wird eine vieljährige Freiheitsstrafe zu verbüßen haben. Was seine Verletzung betrifft, werden wir Sie im Laufe dieser Unterhaltung auf klären."

Frau Tischbein hat mit wachsendem Entsetzen zugehört - mit dem Ergebnis, dass ihre Hand, die die Kaffeetasse hält, zu zittern beginnt und einige Tropfen auf ihre elegante Hose tropfen. Bevor das Gespräch weitergeführt werden kann, verschwindet sie wieder im Küchenbereich und reinigt ihre Hose. Zurückgekommen beginnt sie zu reden:

„Frau Gerlach, jetzt bitte ich aber endlich um detailliertere Aufklärung!"

Frau Gerlach schluckt die eigentlich passende Erwiderung herunter und beginnt zu reden:

„Frau Tischbein, wie wir sehen, leben Sie in sehr gehobenen Verhältnissen. Desto weniger kann ich das Verhalten, vielleicht besser das Leben Ihres Mannes verstehen. Aber ich bitte Sie jetzt, möglichst geduldig meinem oder unserem Bericht zuzuhören und wenn möglich, nicht zu unterbrechen."

„Ich werde mich bemühen."

Frau Gerlach berichtet nun ähnlich wie zwei Tage zuvor Frau Kirchhoff die Ereignisse der letzten Woche. Frau Tischbein gibt sich redliche Mühe, nicht dazwischen zu reden. Bei dem Bericht über die Amputation seines Gliedes schreit sie auf:

„Ist das eine Schweinerei! Die bekommt eine saftige Anzeige wegen schwerster und vor allem vorsätzlicher Körperverletzung an den Hals! Dazu muss ich noch Detail wissen. Mein Anwalt wird sich sofort darum kümmern!"

Herrn Ludwigs Hände ballen sich zu Fäusten und er muss an sich halten, um nicht laut zu werden und sagt in gemäßigtem Ton:

„Das können Sie gerne haben. Aber meinen Sie nicht auch, dass dadurch eine ganze Reihe schwerer Verbrechen aufgeklärt werden können, was diese Körperverletzung zweitrangig werden lässt."

„Ich möchte Sie erleben, wenn sich diese Schlinge um Ihren Schwanz zusammengezogen hätte!"

Frau Gerlach bittet:

„Kommen wir zurück zum Sachverhalt!"

Und weiter geht der Bericht. Als sie bei der letzten Aussage ihres Ehemannes von gestern ankommt mit dem Verweis, auf Rechtsbeistand zu verzichten und die Bitte, seiner Frau mitzuteilen, dass sie ihren Ehemann nicht kontaktieren soll, flucht Frau Tischbein:

„Der ist wohl völlig ausgerastet!"

Während der letzten Sätze sind im Haus Geräusche zu hören und während Frau Tischbeins Wutausbruch ist die Tochter Dorit leise eingetreten.

„Ich bin die Tochter - Dorit Tischbein", stellt sie sich vor.

Ihre Mutter tönt sofort:

„Wieso kommst Du jetzt schon?"

„Ein Patient hat abgesagt. Ich habe eine Stunde frei. Es geht doch bestimmt um meinen Vater?"

Frau Tischbein:

„Kannst Du Dir vorstellen, eine Wahnsinnige hat ihm den Penis abgeschnitten. Und das auf brutalste Weise!"

Wer wäre nicht entrüstet über eine derartige Mitteilung. Herr Ludwig wird ungehaltener, dem entsprechend auch seine Tonlage:

„Wir versuchen, Ihrer Mutter klarzumachen, dass Ihr Vater wegen sexueller Gewaltverbrechen in U-Haft sitzt, sich zu allen Vorwürfen bekennt und Ihre Frau Mama scheint den Ernst absolut nicht begreifen zu wollen - oder zu können!"

Dorit reagiert kooperativer als ihre Mutter und entschuldigt sie:

„Meine Mutter ist privat sehr gern impulsiv und wird leicht unsachlich. Im Krankenhaus darf sie sich nicht austoben. Ihren aufgespeicherten Frust dürfen wir uns anhören."

Frau Tischbein hebt zur gewaltigen Gegenrede an, sagt aber lieber nichts dazu und Dorit ergänzt:

„Es tut mir sehr leid, dass ich den Anfang nicht mitbekommen habe. Bitte sagen Sie noch einmal das, was Sie meiner Mutter erzählt haben. Und Du, Mama, hältst bitte den Mund dazu!"

Frau Gerlach wiederholt und man lässt sie ausreden. Dorit versucht, das Gespräch mit kurzen Einwürfen zu lenken und die beiden Beamten spüren, dass die Tochter sachlicher, konstruktiver und vor allem kooperativer ist. Dorit betont, dass sie eigentlich sprachlos ist über alles, was sie erfahren musste. Natürlich weiß die gesamte Familie vom Doppelleben des Vaters, dass aber ein weiterer großer, nein ausschlaggebender Umstand für die Zukunft hinzukommt, ist ihr unbegreiflich. Sie versucht, das Familienleben in Kurzfassung zu erklären, reißt ihre Kindheit und die ihres jüngeren Bruders an, in der beide Geschwister eine großzügige und moderne Erziehung bewusst genießen konnten, Papa arbeitete mit großem Erfolg, verdiente mehr und mehr, was man ja sehen kann. Er war viel auf Dienstreisen, machte große Versicherungsverträge und überzeugte mit seinem natürlich wirkenden Charme jeden Kunden, auch noch beim letzten freien Kreis im Vertragsformular ein Kreuzchen zu machen. Für Papa war jedes dieser Kreuzchen bares Geld. Dorit hatte immer den Eindruck, dass sich ihre Eltern sehr gut verstehen. Alles war harmonisch. Natürlich gab es mehrfach berechtigte Verdachtsmomente, dass der Herr Papa auf seinen längeren Dienstreisen noch weitere weibliche Kontakte über das Abschließen von Verträgen hinaus pflegte. Aber Mama nahm das nicht so tierisch ernst. Schließlich war Papa immer da, wenn er gebraucht wurde. Er war immer der ruhende Pol in der Familie. Als dann die Affäre mit der Helene Kirchhoff akut wurde, aus der später ein Kind entstand, wurde die Sache prekärer, aber selbst das konnte Mama akzeptieren. Das Leben lief bestens. Sie kann über ihren Vater nichts Negatives sagen.

Ihre Mutter sitzt schweigend neben der Tochter und nickt oft zustimmend.

Frau Gerlach übernimmt das Wort:

„Aber es muss einen Anlass gegeben haben, der Ihren Vater zu Gewaltexzessen getrieben hat. Fühlte er sich unterdrückt, hatte er nicht ausreichend Freiheiten. Konnte er sich nicht ausleben, musste er über lange Zeit Neigungen unterdrücken, die dann zum Ausbruch kamen? Wenn wir das nicht erklären können, wird ein psychologisches Gutachten Aufschluss geben.

Während des Gespräches fällt draußen sehr unsanft eine Tür ins Schloss und völlig unerwartet für die beiden Frauen Tischbein platzt der Sohn Alexander ins Zimmer, wundert sich über die Menschenansammlung - noch dazu Polizei in Uniform.

„Was ist denn hier los?"

Die Mutter und Dorit fast zeitgleich:

„Setz Dich. Unser Vater macht Probleme!"

Alexander:

„Na ja, das wäre ja nicht das erste Mal! Und was hat er nun wieder angestellt? Eine neue Geliebte? Kommen jetzt noch Zwillinge dazu?"

„Nein", sagt Dorit, „dieses Mal wäre das ein winziges Übel gegen das, was passiert ist. Die beiden Besucher sind von der Polizei, wie Du siehst"

„Ach, du meine Scheiße! - Und was ist passiert?"

Dorit will nicht, dass die Polizistin ein drittes Mal die Story erzählen muss und fasst kurz zusammen.

Alexander nimmt die Vorfälle, manchmal grinsend, zu Kenntnis.

„Hat er tatsächlich sein aufgestautes Gewaltpotential ausgelebt. Ich habe doch immer darauf gewartet, dass der mal völlig ausflippt!"

Das sind völlig neue Sichtweisen, denen es nachzugehen gilt. Auch Frau Tischbein ist sprachlos.

Alexander will erzählen:

„Ich war fünfzehn."

Herr Baumann ist sehr gespannt, was da zutage kommen wird:

„Das sollten Sie tatsächlich näher ausführen. Wieso Gewaltpotential?"

„Jetzt kann endlich das gesagt werden, das bei mir schon viele Jahre in der Schublade liegt!"

Ich war fünfzehn. Es war im Garten und Papa und ich gerieten wegen einer Lappalie wieder einmal aneinander. Ich will nicht bestreiten, dass ich ihn womöglich mehr als nötig provoziert habe. Ich war ja meist der, der für alles schuldig gesprochen wurde und war gewohnt, mich wehren zu müssen. Hätte er mir eine Ohrfeige verpasst, hätte ich das akzeptiert, aber er schlug mit der Faust zu, ich ging in Abwehrstellung und er stürzte sich auf mich. Wir fielen beide auf den Rasen und er schlug wie ein Wilder auf mich ein. Ich lag am Boden, die Hände schützend vor dem Gesicht und er trat mich mehrfach mit voller Wucht an Oberkörper und Schenkel und schrie dabei wie ein Geisteskranker. Ich werde nie vergessen, wie ein Vater sich derart zur Bestie verwandeln kann!"

Frau Tischbein ruft :

„Davon höre ich jetzt das erste Mal!"

Alexander:

„Du wirst zukünftig oft das erste Mal von etwas hören! Du hast doch immer lieber beide Augen zugemacht, wenn er Mist gebaut hat. Hauptsache waren Dir die Nullen auf den Kontoauszügen - wohlgemerkt die vor dem Komma!"

Frau Gerlach:

„Das lässt einige Erklärungen für das Verhalten Ihres Vaters zu."

Alexander:

„Ich weiß, dass ich ihm in den Rücken falle. Als Schwanzloser kann er nun wenigstens keiner Frau mehr etwas tun."

Dorit ist diejenige, die das Gespräch wieder in die Gegenwart und weniger emotionale Ausbrüche lenkt:

„Wie geht es jetzt weiter? Sie haben sich ein erstes, wenn auch unvollständiges Bild vom familiären Umfeld gemacht -

zumindest, was uns angeht. Frau Kirchhoff werden Sie ebenfalls aufsuchen. Unser Vater geht in den Knast. Wir alle sind sauer, leben aber unser Leben weiter - mehr oder weniger von dem Geld, das Papa verdient hat. Wie lange wird er sitzen müssen?"

Herr Baumann:

„Schwer zu sagen. Mildernde Umstände muss ich ausschließen, auch wenn er geständig ist. Wie der Richter entscheidet - keine Ahnung, aber ein paar Jahre sind mit Sicherheit weit untertrieben."

Dorit möchte die Unterredung gern zum Abschluss bringen:

„Sie werden doch bestimmt heute noch zurück nach Diesleben fahren wollen und sie werden von unseren Gesprächen auch ein Protokoll verfassen müssen. Dazu brauchen Sie Zeit. Mein Vorschlag: Ich nehme mir ein paar Tage frei, konsultiere natürlich unseren Anwalt Dr. Waldner und komme in ein, spätestens zwei Tagen zu Ihnen - mit oder ohne den Anwalt. Ich unterschreibe bei Ihnen das Protokoll und meinetwegen auch ein nächstes. Ich besuche meinen Vater, denn ich glaube, dass ich zurzeit noch am ehesten einen sogenannten Draht zu ihm habe - zumindest kann ich mich leichter frei von Emotionen machen als meine Frau Mutter."

Herr Ludwig:

„Das ist gut. Es ist immer befriedigend, wenn jemand aus einer Familie einen klaren Kopf behält und mit den Behörden kooperiert. Bitte rufen Sie mich an, wie das mit dem Anwalt wird und ob Ihr Vater darauf vorbereitet werden soll. Ich fände es gut, wenn er sich der Sache Ihres Vaters annehmen würde. Auch wenn er nur Details oder Nebensächlichkeiten beeinflussen kann. Ich hoffe, dass er ähnlich objektiv ist wie Sie."

Damit ist der offizielle Teil des Besuches beendet. Ein paar Höflichkeitsfloskeln und man verabschiedet sich. Alexander sagt zu Herrn Baumann, während sie sich die Hände geben:
„Wir hören mit Sicherheit noch voneinander."

xxx

Polizeistation - Sonnabend 10.45 Uhr.
Dorit wird in die Zelle geführt, in der ihr Vater wie vor Tagen beim Besuch Frau Kirchhoffs auf der Bettkante sitzt und gedankenlos ins Leere starrt. Herr Baumann bleibt im Hintergrund dezent stehen.
„Guten Tag, Papa."
Der Papa erschrickt und ein kurzes Lächeln überfliegt sein unrasiertes Gesicht.
„Warum kommst Du, Dorit. Helfen wirst Du mir nicht können. Ich bin am Ende, absolut am Ende - tiefer geht es nicht mehr!"
„Ja, Papa, ich weiß. Aber lass uns wenigsten das bereden, was für uns alle wichtig sein wird. Wir können nichts ungeschehen machen. Ich will auch keinerlei Rechtfertigungen oder Erklärungen von Dir hören. Du weißt selbst am ehesten, wie es um Dich steht. Du sprichst Dich ja bewusst selbst schuldig. Das ist, glaube ich, erleichternd für Dich.
Momentan geht es darum, Dir das Leben hier und in Zukunft einigermaßen erträglich zu gestalten. Ich habe Herrn Dr. Waldner mitgebracht. Kann ich ihn zu Dir schicken?"
Harry Tischbein gibt keine Antwort. Er wendet sich zur Wand und die Tochter spürt, dass er versucht, Tränen zu unterdrücken.

Dorit legt ihm vorsichtig die Hand auf den Rücken. Ihr Vater lässt das für einige Sekunden geschehen, schüttelt aber die Hand seiner Tochter ab und sagt:

„Hol in herein!"

Wenig später steht auch der Anwalt in der Zelle.

„Guten Tag, Herr Tischbein. Ich bin über alles bestens informiert und wir brauchen die Tatsachen nicht zu bereden. Ich kann Sie von hier nicht in die Freiheit herausholen, aber es gelingt uns bestimmt, verschiedene Annehmlichkeiten zu organisieren. Bedingt durch Ihre Verletzung könnten Sie in das Krankenhaus zurückkommen. Dort würde zwar eine Polizeiwache vor der Tür stehen, aber stört Sie das? Wir können die Verpflegung verbessern. Vielleicht kann man Freigang beantragen und vieles andere mehr."

Harry Tischbein möchte am liebsten schweigen. Nach einer Weile sagt er:

„Was soll das alles? Je eher ich mich an meinen Gefangenenstatus gewöhne, desto besser. Auf mich warten noch so viele Unannehmlichkeiten, verbunden mit psychischer und womöglich auf physischer Gewalt, was ist das schon gegen ein paar Wochen besseres Essen oder ein wenig mehr Sonnenlicht. Meinetwegen tun Sie, was Sie für nötig halten. Den Rest überlassen Sie mir und dem Schicksal!"

Er bekommt zur Antwort:

„Ich werde mein Bestes versuchen."

Herr Tischbein möchte wieder allein sein. Um das auszudrücken, legt er sich auf das Bett und schließt demonstrativ die Augen.

Dorit und der Anwalt verstehen.

Die Tochter sagt lediglich:

„Ach., Papa!"

„Aber danke, Dorit, dass Du da warst."

Frau Tischbein wurde weder vom Ehemann noch von Dorit bei
der kurzen Zusammenkunft erwähnt.

xxx

Harry Tischbein sitzt, liegt, steht, läuft in seiner Zelle umher,
isst, was man ihm vorsetzt. Wesentliche Veränderungen seit
dem Besuch des Anwaltes Dr. Waldner sind kaum erkennbar.
Ihn stört das nicht, denn es ist seine Absicht, in Apathie zu fliehen, ohne recht zu wissen, wie das gehen soll, wie er den Zustand der Gleichgültigkeit erreichen kann. Im Grunde genommen möchte er mit seinem Leben abschließen - zumindest mit
dem bisherigen - was soll da noch an Leben kommen?
.

Ein Psychologe namens Dr. Friedrich nimmt Kontakt zu ihm
auf. Er hat den Auftrag, das psychologische Gutachten zu erstel-
len. Mit ersten belanglosen Gesprächen versucht er, Vertrauen
aufzubauen. Unerwartet schnell kommt es dazu, dass Harry
Tischbein alle Fragen nach bestem Wissen und Gewissen beantwortet, ohne auch nur die geringsten Absichten, zu manipulie-
ren, zu vertuschen oder Ermittlungen in falsche Richtungen zu
lenken. Er ist wieder der ehrliche, hilfsbereite und rücksichts-
volle Erdenbürger wie ihn seine Angehörigen geschildert haben.
Natürlich hat Dr. Friedrich alle bisherigen Protokolle studiert
und sich so ein erstes Bild von dem Angeklagten gemacht.

In etwa drei Monaten wird die Gerichtsverhandlung stattfinden, in deren Vorbereitung Dr. Friedrich das Gutachten fertigstellen muss. Viele Einzelgespräche mit allen Personen des Umfeldes Harry Tischbeins hat er zu führen.

xxx

Gespräch Dr. Friedrich / Harry Tischbein.

Dr. Friedrich bittet Harry Tischbein, von Episoden, von Ereignissen aus seinem Leben zu berichten, egal, ob in chronologischer Reihenfolge oder nach Themen. Er möchte möglichst viel Persönliches erfahren.

Harry Tischbein weiß, dass das Thema seine Psyche ist und er hat die Absicht, mit dem Psychologen zu kooperieren. Vielleicht auch mit dem Hintergedanken, dass Ehrlichkeit besser ist, als sich in Widersprüche zu verwickeln. Er ahnt auch, dass von diesem Herrn unter Umständen die Länge seiner Gefängnisstrafe abhängig sein kann.

Er beginnt zu erzählen, dass er im Alter zwischen zwanzig und vierzig Jahren häufig Momente an sich erlebt hat, die ihm selbst Angst machten. Ohne äußeren Anlass hatte er Anfälle von Wut und Zorn wegen Nichtigkeiten, über die man normalerweise lächelnd hinwegsieht. Meist konnte er diese Wutausbrüche vor der Familie oder anderen verheimlichen. Spürte er die Wut in sich, verließ er schnell das Zimmer oder das Büro und tobte sich im Freien ungesehen aus. Wie sich das auswirkte, will Dr. Friedrich wissen. Er schlug mit Fäusten an Wände oder auf einen Tisch, fügte sich Schmerzen und manches Mal auch Verletzungen zu.

Am ehesten konnte er wieder zu sich kommen, wenn er eine möglichst weite Strecke im Dauerlauf rannte, sich also körperlich belastete. Nach einer halben Stunde war alles vorbei. Aber es gab auch Fälle, in denen er ausfällig wurde und andere, Kollegen oder Kunden, sehr selten jemanden aus seiner Familie, beschimpfte und in wenigen Fällen auch handgreiflich wurde. Meist gelang es ihm, nach einer solchen Attacke sich vielmals zu entschuldigen und sein Verhalten damit zu begründen, dass er leider von Natur aus cholerisch veranlagt ist und man ihn bei diesen erlebten Wutausbrüchen nicht so ernst nehmen darf wie es aussieht. Es gab nur selten Fälle, in denen eine Entschuldigung nicht angenommen wurde, auch wenn er sich besonders bemühte, mit charmanten Redewendungen oder vertraglichen Zugeständnissen seine „Veranlagung" zu kompensieren.

Die Frage, ob er in diesen Situationen immer Herr seiner Gedanken und Entscheidungen war, also sich aller seiner Reaktionen bewusst war, beatwortet Harry Tischbein eindeutig mit Ja.

xxx

Gespräch Dr. Friedrich / Harry Tischbein.
Wie sich H. Tischbein erklären kann, dass er einerseits der treusorgende Ehemann und Vater seiner Kinder ist und andererseits scheinbar völlig ohne jede Selbstkontrolle Frauen überfällt und vergewaltigt.
Harry Tischbein versucht, dem Psychologen das an einem Beispiel zu erklären:

„Stellen Sie sich eine Apothekerwaage vor. In der linken Schale liegt mein Drang zur Lust, mein Sexbedürfnis. In meiner Vorstellung sehe ich die Frau, die mir kürzlich alle meine Sinne erregend, auffiel. Das Bedürfnis, diese Frau zu erleben, zu haben, steigert sich und ich beginne, zu planen, wie ich sie wiedersehen, beobachten, ihre Lebensgewohnheiten erforschen kann, ihr familiäres Umfeld erkennen und vor allem, durch intensives Verfolgen Ort und Zeitpunkt bestimmen kann, um diese „Angebetete" für einige wunderbare Augenblicke zu besitzen. Ich gebrauche ungern das Wort „vergewaltigen", wenn es im juristischen Sinne auch der Wahrheit entspricht. Für mich war diese sogenannte Tat immer ein Ergebnis höchster Zuneigung.

Auch wenn Sie das nicht verstehen werden, alles in mir brannte von einem Gefühl getrieben, das ich dem Begriff „Liebe" gleichsetze, auch wenn sich die Frau wehrte und schrie.

Die Lust am Planen, darauf zu hoffen, den Plan ausführen zu können, war spannend schön. Ich hatte Zeit, Wochen konnte es dauern. Ich brauchte keine Berührung mit der Frau meiner Träume, nur sehen und beobachten, wann, wo und wie ich zum Ziel kommen kann.

In der anderen, der rechten Schale, liegt meine Angst, entdeckt zu werden. Aber auch das Bewusstsein, dieser Frau Schmerzen zu bereiten, körperlich wie seelisch. Ich spüre Mitleid mit dieser Frau oder diesem Mädchen. In diesen Momenten weiß ich, dass ich ein Verbrechen plane, für dass ich ins Gefängnis komme, sollte man mich überführen. Glauben Sie mir, ich spürte entsetzliche Angst vor mir selbst. Die Angst schrie mir zu, dass ich aufhören soll, dass ich ein Sexualverbrecher bin, dass ich endlich erkennen soll, was sich in der linken Waagschale abspielt. Ich

ekelte mich vor mir selbst. Alles in mir wehrte sich vor der Aus-
übung der sogenannten Tat.

So gab es während der Planungen Phasen, in denen die rechte
Schale die schwerere war und die linke fast gewichtslos nach
oben schnellte. Doch Tage später wurde die Sehnsucht, die Lust,
das Bedürfnis wieder größer, größer noch als vorher.

Dem Drang, zurück zu Planung zu gehen und die Suche fortzu-
setzen, empfand ich wie einen Befehl, dem ich mich nicht wi-
dersetzen konnte.

Passierte es, dass ich sie traf, von weitem sah, wurde die rechte
Schale gewichtslos und die Entscheidung reifte - und fiel.

Nach der Tat floh ich wie unter Schock, fühlte mich fallen, fragte
mich, was hast du getan? Ich versank in einen Abgrund von
Scham und Angst. Oft fuhr ich viele Kilometer ziellos, parkte
das Auto und lief, lief, rannte bis zur Erschöpfung. Zurückgekommen am Auto fühlte ich mich nicht erleichtert aber wohler
und sicherer.

Es kam auch vor, dass die rechte Schale ihre Schwere behielt
und ich die Planung aufgeben musste. Pech für mich, Glück für
die Frau.

Ich weiß, dass ich meine Triebe steuern kann - steuern könnte.

Aber Steuern blieb stets nur „Planen". Diese beiden Begriffe
konnte ich nicht auseinanderhalten. Das Steuerrad habe ich in
entscheidenden Momenten losgelassen und die Fahrt sich selbst
überlassen - meist ging es in die Richtung, die die linke Waagschale angezeigt hatte."

Zusammenfassend kann ich sagen, dass ich im Laufe der Zeit,
das ging über viele Jahre, in einen Sog geraten war, der mich am
Ende zum Krüppel - körperlich wie seelisch - gemacht hat.

Gespräch - Dr. Friedrich / Frau Tischbein.

Frau Renate Tischbein stellt in den Augen des Psychologen die undurchsichtigste Person dar. In ihrer impulsiven Art ist sie schwer zu beurteilen, aber ihr ist keinerlei Mitwissen oder gar Mitschuld an den Sexualvergehen ihres Mannes nachzuweisen. Sie verhält sich völlig anders zu ihrem Mann als die Tochter. Sie erweckt den Eindruck, als wäre ihr Mann solange „gut" für sie und die Familie gewesen, wie er „funktionierte", sich um alles kümmerte, das viele Geld nach Hause brachte. Aber jetzt, nachdem sein Leben schiefgelaufen ist und sie womöglich die Alimente für den Sohn der „Mätresse" zahlen soll, würde sie ihn lieber aus dem Gedächtnis löschen.

Für Dr. Friedrich ist sie die absolute Egozentrikerin. Emotional schnell hochgeladen, aber ebenso schnell wieder auf dem Boden der Tatsachen. Himmelhochjauchzend - zu Tode betrübt. Die Frage Dr. Friedrichs, wie sie sich jetzt verhalten würde, vorausgesetzt, er wäre bei ihr wie früher und noch zum Sex in der Lage.

„Würde Ihnen das Bewusstsein, dass er viele Frauen vergewaltigt und gequält hat, verbieten, sich ihm wieder hinzugeben"?

Die Frau antwortet ohne nachzudenken:

„Was gehen mich die anderen an. Wenn er mir den Spaß anbieten könnte, würde ich ihm ebenfalls den Spaß gönnen."

„Wie beurteilen Sie Ihren Mann, wie stehen Sie zu seinen Taten"?

„Natürlich war er grausam. Vergewaltigung ist immer ein grausamer Akt. Er hätte doch ebenso in einen Puff gehen können.

Nein, er brauchte den „Kick", die Frau musste gezwungen werden

Ich begreife das nicht. Mich hat er niemals zu zwingen versucht. Allerdings - ich wollte immer. Entschuldigung, das war zu offenherzig. Hätte ich mich ihm oft verweigert - hätte er mich auch gezwungen? Sagen Sie mir das."

Dr. Friedrich:

„Höchstwahrscheinlich nur dann, wenn Sie sich gleichzeitig eine Perücke mit langen blonden Haaren aufgesetzt hätten, sich anders geschminkt hätten usw.

Sie sind sein Typ wie auch die andere, Frau Kirchhoff, der er nur ganz „normal" als liebender Ehemann entgegentreten konnte. Bei Ihnen beiden funktioniert er völlig normal. Bei Frauen mit anderer Physiognomie ist er ein anderer."

Nachdenklich fügt er eine Frage hinzu:

„Können Sie sich in Ihrem Eheleben eine Situation vorstellen, in der Sie den Eindruck hatten, dass er unter innerem Zwang handelte, dass er lieber das Entgegengesetzte getan hätte, aber in Ihrer Gegenwart das nicht wagte. Das könnte bei einfachen häuslichen Pflichten der Fall sein oder auch im sexuellen Leben?"

Renate Tischbein braucht nicht zu überlegen und antwortet sofort:

„Harry war immer mit Leib und Seele bei allen seinen Hilfestellungen, egal in welchem Bereich des Haushaltes oder wo auch immer. Und im Bett war er zärtlich, rücksichtsvoll - und immer gefühlvoll bei der Sache. Ich begreife nicht, dass ein Mensch wie Harry von zügelloser Geilheit überwältigt werden kann und Frauen brutal niederwirft, ihnen rücksichtslos Schmerzen zufügt, sie benutzt wie ein Werkzeug und dann wieder genau das Gegenteil machen kann.

Gespräch Dr. Friedrich / Alexander und Dorit Tischbein.

Während sich Alexander wiederholt negativ über seinen Vater äußert, versucht Dorit, ihren Vater in Schutz zu nehmen, bestätigt aber, sofern sie es beurteilen kann, die Meinung ihres Bruders. Sie hat zwar nichts Ähnliches zu berichten wie Alexander, aber sie wird das Gefühl nicht los, dass sich ihr Vater häufig einem Zwang ausgesetzt fühlte, sich spürbar beherrschen musste und sich lieber in Schweigen zurückzog als an einem Disput teilzunehmen.

Er verhielt sich immer diplomatisch. Sie kann sich vorstellen, dass über ihm schon lange dieses Damoklesschwert schwebte, das nun in voller Wucht auf ihn eingeschlagen hat. Es muss schrecklich sein, ständig mit einem derart schlechten Gewissen zu leben,

Sie gesteht dem Psychologen, dass sie ihren Vater einerseits in Grund und Boden verdammen möchte, aber andererseits doch in irgendeiner Form für ihn da sein möchte. Ja, sie wird den Kontakt zu ihm von ihrer Seite nicht abbrechen lassen.

Dorit berichtet über eine Beobachtung, die sie mehrfach an ihrem Vater machte. Erst nachdem sie mit den Problemen und Sexualdelikten ihres Vaters in Berührung gekommen ist, fiel ihr wieder ein, was sie in ihrer Kindheit mehrmals beobachtete.

Sie erinnert sich an Sommermonate, in denen man sich sehr oft im großen Garten aufhielt. Der Vater spielte gern und viel mit den Kindern, egal, ob mit Bällen, Krocket oder einfach nur auf der Wiese, um die Pflanzen und Insekten zu beobachten. Es passierte immer wieder, dass der Vater, wenn es ihm gelang, einen

Käfer oder eine Fliege zu fangen, dieses Opfer so lange quälte, bis es aufhörte zu zappeln. Mit Vorliebe drückte er einen Käfer solange auf die Tischplatte oder einen Stein, bis der Panzer zerbrach und dann immer weiter, bis das Insekt nur noch ein Häufchen Brei war. Dorit stellt erst jetzt fest, nachdem sie viele Jahre nicht an diese Vorfälle gedacht hat, dass sie sich weniger ekelte, als dass sie nicht begreifen konnte, warum der Vater das machte. Wäre es einmalig gewesen, wäre das bestimmt vergessen worden. Aber es passierte oft und sie entsinnt sich, dass das Gesicht ihres Vaters einen eigentümlichen Ausdruck bekam, wenn er sah, wie das Opfer mehr und mehr still wurde und am Ende zerbrach.

Der Psychologe dankt Dorit für diese Informationen, fragt sie, ob er ihren Bruder mit ihrer Schilderung konfrontieren darf. Dorit hat nichts dagegen.

xxx

Gespräch Dr. Friedrich / Harry Tischbein.
Harry Tischbein beschreibt die letzte Tat, die ihm zum Verhängnis werden sollte:
Ich plante diese Tat wie immer nach dem gleichen Muster. Ich hatte sehr gute Erinnerungen an die vor einem Jahr gescheiterte Sache mit der Tochter dieser Anja Richter. Diese Enttäuschung belastete mich schwer. Es war das erste Mal, dass ich derart versagt hatte - mich in die Flucht schlagen ließ.
Jetzt, nachdem alles vorbei ist, frage ich mich, ob meine Planungen in den Fällen „Richter" nicht ausreichend genug waren,

deshalb in beiden Fällen so absolut schief gegangen sind und mich ins Desaster geführt haben.

Ich war im vergangenen Jahr wie so oft zu meiner Geliebten mit dem Auto gefahren und hatte die Tochter Anja Richters zweimal nahe einer Bushaltestelle entdeckt. Ihre Erscheinung hatte mich sofort gereizt und meine Fantasien beflügelt. Als ich sie das dritte Mal von weitem sah und ich hinter dem Bus, aus dem sie gerade ausgestiegen war, verkehrsbedingt halten musste, parkte ich schnell das Auto auf dem neben der Haltestelle befindlichen Parkplatz und folgte der jungen Frau. Im Wald, viel zu nahe an dem Waldweg, warf ich sie zu Boden, hielt sie fest und zog mir die Hose herunter. Ich muss unaufmerksam gewesen sein, denn das verdammte Holzstück knallte in mein Gesicht. Wie es weiterging, wissen Sie aus den Akten."

Dr. Friedrich fragt nach der letzten Gewalttat an der Mutter Rebeccas.

„Ich bin nach dem Missgeschick mit der Tochter sehr vorsichtig geworden und fuhr den Großteil der Strecke nach Diesleben zu Frau Kirchhoff mit dem Linienbus, so dass mein Auto unmöglich mit der nicht aufgeklärten Tat in Verbindung gebracht werden konnte.

Dann sah ich eines Tages im Bus die Frau, die eben dieser Tochter wie aus dem Gesicht geschnitten so ähnlich aussah. Es konnte eine Schwester sein, Zwillingsschwester vielleicht. An Mutter dachte ich weniger. Ich gebe zu, sogar Rachegelüste gespürt zu haben. Damals musste ich die Flucht ergreifen, jetzt wollte ich das nachholen, was vor einem Jahr schief ging. Und wenn es tatsächlich Schwestern sein sollten, dann sollte die eine für die andere büßen. Ich registrierte, dass diese Frau stets mit mir im gleichen Bus fuhr und als es am besagten Donnerstag zum mehrfachen Blickkontakt kam, sah ich den Zeitpunkt gekommen zuzuschlagen. Wie konnte ich ahnen, in eine ausgeklügelte Falle zu tappen.

xxx

Gespräch Dr. Friedrich / Alexander Tischbein.
Alexander hat nicht viel Konstruktiveres zu sagen, als er es beim Besuch der beiden Beamten getan hat.
Dr. Friedrich erzählt Alexander die Geschichte von den zerdrückten Käfern. Der Bruder hat das, was seine Schwester schildert, nur einmal mit angesehen. Aber er weiß jetzt nicht mehr, war es ein Käfer, ein Schmetterling oder eine Raupe. Aber er schildert etwas anderes:
„Ich fand einmal, ich mag damals vielleicht acht Jahre alt gewesen sein, einen großen Vogel, vermutlich eine Amsel, verletzt auf dem Rasen liegen. Ich rief den Papa um Rat. Damals fand ich die Reaktion des Vaters völlig richtig. Dieser Meinung bin auch jetzt noch. Nachdem ich von den Erzählungen meiner Schwester weiß, wundere ich mich, dass damals unser Vater sich um diesen verletzten oder kranken Vogel so intensiv, ja liebevoll gekümmert hat. Ich hatte vorher nie gesehen, dass Papa Tränen in den Augen hatte. Papa baute aus Gras ein Lager, auf das er den Vogel legte, ihn streichelte, ihn zu wärmen versuchte.
Am nächsten Tag war der Vogel verschwunden. Keiner konnte sagen, ob er aus eigenen Kräften davonflog oder ob eine Katze ihn gefressen hat. Ich weinte bitterlich - Papa tröstete mich.

Herr Dr. Friedrich, wie passen diese beiden Verhaltensweisen zusammen?"

Der Psychologe deutet dieses Verhalten Harry Tischbeins so, dass dem Vater der Vogel zu groß war, um ihn wie einen kleinen Käfer zu zerdrücken. Dem großen Lebewesen fühlte er sich nicht gewachsen. Auch kann es sein, dass er sich von den traurigen Augen des Vogels angesehen gefühlt hat, hilfesuchend, leidend. Ein Käfer schaut keinen Menschen an. Eine Frau, die er brutal unter sich drückt, hat ausschließlich Angst, ja Todesangst im Blick. Das ist eher vergleichbar mit der Hilflosigkeit eines Käfers.

Er fragt beide Geschwister, ob es jemals ein vergleichbares Erlebnis mit einem noch größeren Tier gab, mit einer Katze oder einem Hund. Das wurde rigoros von beiden verneint. Im Gegenteil, Papa hatte immer das Bedürfnis, sich einen Hund zu halten, scheiterte aber am Votum seiner Frau.

Auch Frau Kirchhoff wurde mit dieser Frage konfrontiert. Sie kann lediglich die Sache mit den Insekten, einige wenige Male erlebte sie das, bestätigen. An einen Fall erinnert sich:

„Ich habe Harry damals beschimpft, wie er ein so wehrloses Tier quälen kann. Es handelte sich um eine große Spinne, die sie im Wald entdeckten. Das Tier starb elend ohne Beine und es blieb ein kleiner dunkler Fleck auf einem Stein übrig."

xxx

Gespräch Dr. Friedrich / Harry Tischbein.

Bei einem weiteren Gesprächstermin schneidet Dr. Fridrich die Thematik der „unaufgeklärten" Fälle an. Auch hier erzählt Harry Tischbein:

Ich bin auf meinen Dienstreisen gern auf Landstraßen gefahren. Auf Parkplätzen machte ich Rast. Mitunter hielten alleinfahrende Frauen mit gleichen Bedürfnissen an und wenn eine Frau, vorausgesetzt, sie entsprach meinen Vorstellungen und stimulierte meine sexuellen Reize, vor mir in ein Waldstück ging, um ein Örtchen zu suchen, wo sie unbeobachtet ihr Geschäft erledigen konnte, folgte ich, warf sie auf den Boden, hielt ihr den Mund zu - das weitere können Sie sich denken.

Ich war immer schneller an meinem Auto und davongefahren, als die Frau in ihrer verständlichen Aufregung sich anziehen, ihr Outfit reparieren und folgen konnte.

Wie viele Opfer dieser Art es gab, will Dr. Friedrich von ihm wissen.

„In den ersten Jahren zählte ich akribisch, dann aber hörte ich auf damit."

Den Fall „Vergewaltigung mit Todesfolge", der jetzt besondere Bedeutung bekommt, erzählt Harry Tischbein folgendermaßen:

„Die Frau, eine attraktive Blondine, sie mag dreißig bis fünfunddreißig gewesen sein, lief besonders weit in eine unterholzreiche Waldgegend, bis sie endlich das gesuchte Örtchen fand. Ich lief ihr nach. Sie hockte unter einem Baum. Sie blickte mich verwundert an, sah, dass ich meine Hose bereits geöffnet hatte. Sie schrie kurz auf, aber ich hatte sie bereits nach hinten gestoßen. Sie fiel auf den Rücken, versuchte zu schreien. Sie begann, um sich zu schlagen und wehrte sich mit aller Gewalt. Aber ich hatte sie voll im Griff, lag auf ihr und spürte, dass sie sich schnell beruhigte. Es wurde wunderbar still unter mir.

Ich erinnere mich - es war ein wahnsinnig guter Orgasmus. Es schien mir, sie würde mit mir zusammen genießen. Als ich fertig war, erhob ich mich, ging zurück zum Parkplatz und fuhr los.

Ich habe mich nie nach meinem Höhepunkt um die Frauen gekümmert. Ich hatte meinen Genuss und wusste, dass jetzt Eile geboten ist.

Wie konnte ich ahnen, dass sie auf einen Ast gefallen war, der spitz in die Höhe ragte und sie von hinten buchstäblich erstochen hat. Ich bemerkte das nicht und jetzt im Nachhinein tut es mir unendlich leid."

Der Psychologe klärt Tischbein auf, dass er seit diesem Tag eine Mutter mit zwei kleinen Kindern auf dem Gewissen hat. Eines der beiden Kinder, ein vierjähriges Mädchen, wartete vergeblich auf seine Mama im Auto. Tischbein stößt ein leises „Oh Gott" aus, steht aber dieser Tat, wie auch allen anderen, unbegreiflich teilnahmslos gegenüber.

xxx

Gespräch Dr. Friedrich / Harry Tischbein

Dr. Friedrich lenkt in diesem Gespräch das Augenmerk auf die Frauentypen, die Opfer seiner Lust wurden. Das Wort „Opfer" relativiert Tischbein für den Psychologen unerwartet:

„Es gab auch ab und zu eine Frau, die keineswegs als Opfer zu bezeichnen ist - im Gegenteil. Meine Annäherung, meine Blicke haben diese Art Frauen animiert, die eigene Lust zu entdecken.

Ich, Harry Tischbein, der Sexualverbrecher, fühlte mich verführt.

Gefiel sie mir, war sie mein Typ, kam es meist zum beiderseitigen genussvollen Geschlechtsverkehr, wenn nicht, verweigerte ich mich. Was glauben Sie, wie die meisten dieser Art frustriert waren. Schimpfen war noch das Wenigste. Ich hatte es gewagt, ihren Stolz zu brechen. Frauen verkraften das nicht leicht."

Auf die Frage des Psychologen nach den Frauentypen, bestätigt Tischbein, was schon Frau Gerlach beim Besuch bei Frau Kirchhoff vermutete. Harry Tischbein vergriff sich prinzipiell nur an Frauen, die blond oder helles brünettes Haar hatten. Auch ihre Frisur war niemals kurzhaarig sondern sie trugen ihr Haar stets lang, ob über die Schultern fallend oder als Pferdeschwanz gebunden. Warum das so war?

Tischbein erklärt:

„Ganz einfach! Ich bin verheiratet und habe nebenbei eine zweite Frau, die von Renate, meiner Ehefrau, gern als die „Mätresse" bezeichnet wird.

Diese beiden Frauen sind, wie Sie wissen, von ähnlichem Typ. Sportlich, elegant, schwarze kurzgeschnittene Haare. Sie wirken eher maskulin. Diese beiden Frauen liebe ich, die eine so und die andere etwas anders. Wir leben harmonisch zusammen, vertragen uns bestens - nicht nur im Bett. Mit diesen Frauen habe ich Familie, für die ich durchs Feuer gehen würde.

Einer Frau, die diesem Typus ähnelt, könnte ich nie etwas antun. Ich hätte doch stets das Gefühl, Renate oder Helene wären in meiner Gewalt. Aber es gibt andere Frauen, blond mit toller Haarmähne, klein, zierlich, puppenhaft schön, anschmiegsam - reizend anzusehen.

Dieser Typus reizt mich anders. Nicht, dass ich mir eine solche Frau zur Ehe wünschte - nein, da sind mir meine beiden Ehefrauen zu lieb und teuer. Aber für den kurzen Genuss! Das war wieder und wieder etwas ganz Besonderes!"

Wie gern denke ich an die wenigen Male zurück, bei denen der Akt im gegenseitigen Verlangen verlief, den anderen zu befriedigen. Es ist verrückt, aber stellen Sie sich vor: Eine Frau wird zu Boden geworfen, hat womöglich Schmerzen, ich bin in ihr und sie entdeckt, dass es schön wird. Sie macht mit. Im ersten Moment irritiert mich das, aber ab dem zweiten Moment machen wir gemeinsame Sache. Was glauben Sie, wie gut das wird. Nach solchem Erleben muss ich nicht fliehen und schnell davonfahren. Da kommt es zum Abschied ohne „Aufwiedersehen" zu sagen.

Wenn alle Frauen so geartet wären, könnte ich stolz sein, Sexualverbrecher zu sein."

Dr. Friedrich schüttelt über diese Abhandlung den Kopf und notiert diese absurde Einstellung. Das wird in seinen Bericht einfließen müssen.

xxx

Frau Kirchhoff entpuppt sich als die Frau, die uneingeschränkt nur das Gute in ihrem Liebsten sehen möchte. Sie versucht nicht, den Verbrechen auch nur die kleinste Spitze zu nehmen, kann aber nicht umhin, ihm für die acht Jahre, die sie mit ihm zusammen war, nichts als Dank zu sagen. Sie wird ihren Sohn niemals beeinflussen, seinen Vater zu verdammen. Sie wird sehr viel Zeit verwenden, um Worte zu suchen, mit denen sie seinem und ihrem Sohn erklären wird, was mit dem Papa geschehen ist. Für einige Jahre wird der Papa für Tom schwerkrank sein und weit weg in einem anderen Land wieder gesund werden wollen. Aber eines Tages wird sie ihn über Papas „wahre" Krankheit aufklären, und das bestimmt so formulieren, dass Papa von der Krankheit, seinen nicht steuerbaren Trieben sehr wohl wusste, aber niemals zu einem Arzt gegangen ist, der ihm hätte helfen können.

Dr. Friedrich wiederholt ihr gegenüber Fragen, die er den anderen gestellt hat und bekommt nur bereits gehörte Antworten.

Das Bild rundet sich und der Psychologe muss zum Ergebnis kommen.

xxx

12 Wochen später.

Dr. Friedrich setzt einen Baustein zum anderen und das Fazit des Berichtes lautet: voll schuldfähig. Lediglich seine offen geäußerten Schuldeingeständnisse sprechen für ihn, aber von ehrlicher Reue ist kaum etwas zu bemerken. Verlangt man von ihm eine Selbsteinschätzung, so sieht er sich einerseits völlig objektiv richtig und andererseits ist er trotz hohem Intelligenzgrad unfähig, auch nur annähernd real über sich und seine „sexuelle" gewalttätige Vergangenheit zu denken und zu reden.

Harry Tischbein wird im Gutachten beurteilt als nicht vordergründig schizophren, aber als Mensch, der sich, allerdings ausschließlich im sexuellen Bereich, einem inneren Zwang ausgesetzt ist bzw. war, diesen Zwang völlig bewusst erlebte, aber nicht fähig war, diesem Zwang erfolgreich gegenzusteuern. Dieses „Wissen" um seinen Trieb macht ihn voll schuldfähig, denn er wäre ohne Weiteres zur Veränderung in der Lage gewesen, wenn nicht aus eigener Kraft, aber mit ärztlicher Hilfe. Lieber war ihm, seine Taten minutiös zu planen als die sexuellen kriminellen Vergehen im Keim aufzugeben, zu ersticken.

Er verlor jedes Gefühl von Verantwortung und Anstand. Er lebte und kommunizierte mit Menschen wie jeder andere, meist sogar besser und erfolgreicher, aber dann kamen Zeitabschnitte, in denen er diese Eigenschaften ablegte und zu einem anderen wurde - gewalttätig, machtlüstern, seinen übertriebenen Sexualtrieb immer wieder neu entdeckend und in diesem Zustand musste er den Trieb ausleben bis zum Letzten. Ohne erkennbaren Anlass legte sich bei ihm ein Schalter um und wandelte ihn vom Normalmenschen in ein sadistisches Ungeheuer. Dieser Zustand war keine Momentsituation, sondern hielt an, bis die Planungsphase abgeschlossen war. Dieser Zustand begleitete ihn bei den täglichen beruflichen oder privaten Tätigkeiten, schwebte als sexuell erregender süßer Schmerz in ihm und ließ ihn die geplante Tat wie die Vorbereitung eines Vertragsabschlusses erscheinen. Er wartete geduldig auf den Zeitpunkt, an dem er losschlagen konnte, sich sicher vor Entdeckung war. Dann wurde der Planende zum Täter und genoss den Erfolg der Vorbereitung in den wenigen Minuten der absoluten Lust.

Seine Wunde ist verheilt und er wird in ein Gefängnis einer anderen Stadt überstellt, in dem er auf die Gerichtsverhandlung wartet. Er gewöhnt sich an das Zellendasein, ist auch nicht mehr in Einzelhaft. Sein Zellengenosse ist ein geistig weit unter

Tischbein stehender Schlägertyp, der sein Geld mit mittelschweren Raubüberfällen verdient. Erst als Tischbein ihm von seiner letzten Vergewaltigung berichtet und am Ende seinen nicht mehr vorhanden Penis zeigt, verfällt der Zellengenosse in totale, ja unterwürfige Hochachtung vor Harry.

Die Gerichtsverhandlung wird nicht öffentlich geführt, aber bedingt durch die vielen zu behandelnden Fälle sind sehr viele Zeugen geladen, so dass der Saal an den Tagen der Verhandlungen gefüllt ist.

Der Hauptanklagepunkt ist die „Vergewaltigung mit Todesfolge"

Es folgen vierundzwanzig ausgeführte Vergewaltigungen, von denen die beiden Fälle „Richter" aufgrund der nicht vollständig ausgeführten Tat getrennt verhandelt werden. Diese beiden Tatbestände werden verbunden mit der Anklage wegen „Vorsätzlicher schwerer Körperverletzung". In diesem Fall ist die Angeklagte Frau Anja Richter.

Der Hauptangeklagte Harry Tischbein ist in allen Anklagepunkten geständig und hat dadurch viel zur Aufklärung beigetragen.

Im Fall der Angeklagten Anja Richter verhält sich die Sachlage einfach, da durch ihre als „äußerst raffinierte" Tat bezeichnete Körperverletzung der Täter überhaupt erst in das Blickfeld der Ermittler geraten ist, also der Täter aus dem Verkehr gezogen werden konnte. Anja Richter wird zu einer als formell zu bezeichnenden Haftstrafe von sechs Monaten auf Bewährung verurteilt. Im gleichen Atemzug wird ihr Mut und ihre Entschlossenheit, „Unter Einsatz von Lebensgefahr" lobend in den Vordergrund gerückt.

Harry Tischbein wird zu zwölf Jahren Haft verurteilt. Sicherheitsverwahrung im Anschluss an die Strafverbüßung wird nicht verhängt, da eine Wiederholung von Straftaten im Sinne der erfolgten Anklage bedingt durch das nicht mehr vorhandene Tatwerkzeug nicht möglich ist.

Der Psychologe Dr. Fridrich rät Harry Tischbein, während der langen Haftzeit seine Memoiren zu schreiben. H. Tischbein wird sich diesen Vorschlag zu Herzen nehmen, denn die psychische Aufarbeitung seiner Taten liegt auch ihm am Herzen. Auch bittet er Dr. Friedrich, bei ihm Patient bleiben zu dürfen.

Der Anwalt der Familie Tischbein verspricht, den Versuch zu unternehmen, dass Herr Tischbein möglichst bald günstigere Haftbedingungen zugesprochen bekommt.

Seine Angehörigen verhalten sich sehr differenziert. Während Renate Tischbein ihren Mann regelrecht fallen lässt, bleibt die Tochter Dorit ihrer Ansicht treu und will mit ihrem Vater in brieflichen Kontakt bleiben. Der Sohn Alexander wendet sich von seinem Vater noch konsequenter ab als seine Mutter.

Frau Kirchhoff ist die Einzige, die weiterhin zu ihrem „Mann" halten will und versuchen wird, ihm aus der Entfernung Stütze zu sein.

Zwei Tage nach der Urteilsverkündung erfährt sie vom Anwalt Dr. Waldner, dass Herr Tischbein bereits vor sieben Jahren ein Konto auf ihren Namen eingerichtet hat und er als Anwalt Harry Tischbeins beauftragt wurde, für den Fall, dass ihm etwas passiert, im schlimmsten Fall, der Todesfall, dieses Konto Frau Helene Kirchhoff übertragen soll. Es geht um einen Betrag von 186 000.-- Euro. Ihr gemeinsamer Sohn Tom soll damit eine Grundlage bekommen, seine Ausbildung, egal in welcher Richtung, zu finanzieren.

Helene Kirchhoff lässt bei dieser Nachricht das Telefon sinken und bricht in Tränen aus. Ein Sexualverbrecher - und diese Fürsorge! Sie kann das nicht begreifen.

Nach einer Stunde ruft sie Dr. Waldner zurück, entschuldigt sich für das abgebrochene Telefonat und regelt mit ihm sachlich die notwendigen Formalitäten.

Anschließend geht sie in die Polizeistation, lässt sich zu Frau Gerlach führen und fragt, ob sie nicht heute Abend zu einem Glas Wein zu ihr kommen kann.

An diesem Abend kommt es zum „Du" und es entwickelt sich eine intensive Frauenfreundschaft.

Zum Autor

1944	Geboren in Weimar / Jugend und Schulausbildung in Teltow bei Berlin
1964	Heirat und Übersiedelung nach Weimar / Studium - Elektrotechnik / Konstruktion
1968 / 1970	Zwei Söhne
bis 1990	Entwicklung von elektronischen Geräten
1991 – 2006	Selbständig im Bereich Wohn- und Möbeldesign / Produktdesign
ab 2006	Schriftstellerische Versuche / Computer-Grafik

Video - Veröffentlichungen
zu sehen unter google / Eingabe:
Thorolf Kneisz – You Tube

Die folgenden Videos bilden einen direkten Zusammenhang zu dem vorliegenden Buch

Video-Inszenierung
http://faust-1-und-2-inszenierung.com/

Video-Inszenierung
https://youtu.be/PhQdrd70v8I

Literatur – Veröffentlichungen

„Der Seiltänzer"   Märchen für Erwachsene
                        Graphik: Andreas Fusti

„Margarethe"   Assoziation zur „Gretchen-Tragödie" aus
                        „Faust I" von J.W.v.Goethe

„Der Mann von Nazareth"
                        Eine Fantasie in Wort und Bild

„Lyrik in Wort und Bild" - Rilke – Variationen
                        63 der bekanntesten Gedichte Rainer
                        Maria Rilkes in Verbindung mit
                        grafischen Improvisationen